MAINA MATTOS

UM AMOR DE PASSAGEIRO

THOMAS NELSON
histórias

RIO DE JANEIRO, 2025

Copidesque	Clarissa Melo
Revisão	Maurício Katayama e Daniela Vilarinho
Ilustração e Design de capa	Carmell Louize Montano
Diagramação	Sonia Peticov
Ilustrações	Reginaldo do Prado

Dados Internacionais de Catalogação na Publicação (CIP)
(Câmara Brasileira do Livro, SP, Brasil)

M435u Mattos, Maina
1. ed. Um amor de passageiro/Maina Mattos. – 1. ed. – Rio de Janeiro: Thomas Nelson Brasil, 2025.
240 p.; 13,5 × 20,8 cm.

ISBN 978-65-5217-333-1

1. Ficção brasileira. I. Título.

09-2025/54 CDD B869.1

Índice para catálogo sistemático:
1. Ficção: Literatura brasileira B869.1
Bibliotecária responsável: Aline Graziele Benitez – CRB-1/3129

Rua da Quitanda, 86, sala 601A - Centro
Rio de Janeiro/RJ - CEP 20091-005
Tel.: (21) 3175-1030
www.thomasnelson.com.br

A todas as meninas que cresceram em famílias desestruturadas, sonhando com um lugar seguro para chamar de lar.

E ao meu marido, Francisco, meu homem mil e uma utilidades que também é serralheiro, ainda que, às vezes, em nossa casa o espeto seja de pau.

"O simples fato de se amar é uma vulnerabilidade. Ame alguma coisa e seu coração certamente ficará apertado e possivelmente partido. Se quiser ter certeza de que seu coração ficará intacto, não deve oferecê-lo a ninguém, nem mesmo a um animal. Use passatempos e pequenos luxos para envolvê-lo cuidadosamente; evite todas complicações; tranque-o de forma segura no caixão ou ataúde de seu egoísmo. No caixão — seguro, escuro, inerte, sem ar — ele mudará. Não será mais quebrado; se tornará inquebrável, impenetrável e irredimível. A alternativa para tragédia, ou pelo menos para o risco de tragédia, é a condenação. O único lugar fora do céu onde você pode ficar perfeitamente seguro de todos os problemas e perturbações do amor é o inferno."

C. S. Lewis em *Os quatro amores*

PRÓLOGO

Eu devia ter uns oito anos. Lembro da expectativa antes da festa de aniversário para a qual minha família tinha sido convidada. Havia a promessa de um dia cheio de brincadeiras, guloseimas e reencontro com os amigos.

Éramos duas meninas com seus vestidos rodados, aguardando na sala, ansiosas, pelo momento de sair. Contudo, mamãe transmitia outro sentimento. Naquele tempo, eu não sabia distinguir o que era, mas hoje posso afirmar que havia uma mistura de tristeza, decepção e impaciência.

Meu pai havia saído com os amigos e não retornou no horário combinado.

Nós esperamos sentadas no sofá.

Esperamos até dar fome e mamãe preparar algo para a gente comer.

Esperamos até Ceci, a mais nova, dormir deitada no tapete.

Esperamos até a mamãe me lançar aquele olhar que já dizia o que não queria falar em voz alta.

Esperamos até eu entender que não iríamos mais.

Eu fui para cama chorando, sem compreender o motivo de ser obrigada a perder a festinha da minha amiga. Mas me contive quando vi que minha mãe também tinha os olhos úmidos, apesar de tentar escondê-los.

Eu ainda estava acordada quando ele chegou. E ouvi a briga, os gritos e tudo o que uma garotinha não gostaria de presenciar entre seus pais.

— Você prometeu, Alves. Prometeu que nos levaria. Consegue imaginar como fiquei vendo as meninas te esperando?

Consegue entender o quanto elas sofreram? — Mesmo se esforçando para não levantar a voz, suas palavras não foram suaves. Minha mãe estava indignada.

— Elas são crianças, logo vão esquecer. Você tá fazendo drama à toa — papai desdenhou. — Além do mais, eu estava ocupado.

— Ah, claro! Ocupado bebendo com seus amigos. Isso é mais importante pra você?

— Do que uma festa de aniversário inútil? Sim. Não sou obrigado a gostar de festa sem graça com um monte de crente chato querendo me converter.

— É claro que é sem graça, já que não tem bebida e as conversas indecentes em que seus colegas te envolvem, não é mesmo? Isso é bem mais divertido pra você!

— Você quem tá dizendo. — O tom dele era de provocação.

Ouvi os passos dos dois em direção ao quarto. Fechei os olhos e fiquei imóvel, com medo de que percebessem que eu não tinha dormido.

— Não posso acreditar que você prefere seus amigos em vez de sua família! As meninas ficaram tão decepcionadas, Alves. — Mamãe falava mais baixo, meio chorosa. — E eu também.

— Você sempre está decepcionada, Ana. Isso não é nenhuma novidade. Você deixa claro todos os dias que sou uma decepção pra você! — ele retrucou, ainda falando alto.

— Não é verdade… — ela murmurou. — Eu só queria que você voltasse a ser o homem que eu conheci e por quem me apaixonei.

A porta do armário bateu com força, me deixando sobressaltada. Segurei a respiração quando percebi que meu pai saía do quarto. Mamãe foi atrás.

— Aonde você vai? — ela perguntou.

— Pra longe dos seus lamentos e murmurações.

— Fica, por favor — mamãe pediu, chorando.

— Sinceramente, Ana? Cada dia fica mais difícil conviver com você.

Houve um breve silêncio.

— Se quer saber de uma coisa — papai continuou —, prefiro muito mais o ambiente que você chama de sujo e cheio de depravação. Ao menos lá eu sou valorizado.

— Alves… não faça isso! Vamos conversar, por favor.

— Não precisa me esperar, não sei se vou voltar.

O estrondo da porta da sala batendo, o barulho do carro saindo apressado da garagem e o choro da mamãe na sala foram os últimos sons que ouvi antes de adormecer.

Eu ainda era pequena demais para entender que não era sobre a festa. Mas tem coisas que a gente sente antes mesmo de saber dar nome.

E elas ficam.

001

SOLTEIRA, SIM. POR MINHA CULPA, TALVEZ

— Olha como o anel reluz. — Aline ergueu a mão e fitou a enorme aliança em seu dedo. Ela deveria estar finalizando um serviço, mas preferiu se sentar na beirada da minha mesa para namorar o objeto valioso. — Me diz se não é a coisa mais linda que você já viu!

Juntei os últimos papéis em cima da minha mesa e concordei com um sorriso sincero. Desde a primeira semana de namoro, Aline ansiava pelo dia do noivado como uma pessoa no deserto anseia por sombra e água fresca. Escutei com paciência todas as ocasiões em que ela suspeitou que o namorado — agora noivo — estava planejando a tão sonhada surpresa, apenas para se frustrar ao descobrir que havia se enganado.

Agora ela estava saciada.

— O Esdras foi certeiro na escolha dele. É lindíssimo! — elogiei sabendo que era exatamente o que Aline esperava ouvir.

A moça suspirou e moveu a mão, admirando o reflexo do seu sonho realizado naquele diamante — se é que era de verdade; eu não entendia muito sobre joias. Talvez fosse um anel folheado a ouro com uma pedra de valor inferior. Faria mais sentido dentro das condições financeiras do noivo.

Sorri mais uma vez para a minha amiga apaixonada, mas meu peito se apertou um pouco. Eu não tinha inveja, claro que não! Me alegrava com a felicidade dela, contudo, uma conhecida sensação de solidão ameaçou retornar.

— Ei, Gabi! Você vai para a casa dos seus pais nesse fim de semana? Ou podemos marcar alguma coisa amanhã? — Paulo se aproximou e apoiou as duas mãos na minha mesa.

Me virei em direção ao rapaz mais novo que também tinha uma aliança reluzente no dedo anelar esquerdo. Ele e a Dulci, sua esposa, eram da minha igreja e me acolheram de um jeito especial quando cheguei a Belo Horizonte para trabalhar no escritório de contabilidade do meu tio. Na época que os conheci, eles estavam no início do namoro, um relacionamento muito diferente do que eu tinha visto até então.

— A Dulci quer fazer um piquenique com as crianças — ele completou.

— Vou pra Inhapim. Prometi aos meus pais que passaria uns dias com eles assim que entrasse de férias. Além do mais, vai ser o chá de panela da minha prima, e ela me mata se eu não estiver presente. Mas podemos marcar algo pra depois.

Paulo fez um bico, colocou a mão no peito e suspirou, dramático.

— Vai nos trocar e ir para o interior passar um tempo com a família? — ele brincou. — Tudo bem, seremos obrigados a fazer o piquenique sem a tia Gabi. Coitada da Kell, ela contava com sua presença. Ela te adora!

— Eu sei, ela sempre me lembra que eu fiquei, literalmente, pra titia.

Abri um sorriso divertido, mas senti uma pontada no peito ao falar sobre o assunto. Meu aniversário de vinte e nove anos estava chegando e eu não tinha mudado meu estado civil. Nasci solteira e continuei assim por longos vinte e oito anos, dez meses, vinte e um dias e dezessete horas. Não que eu lamentasse não ter tido nenhum namorado, já que pretendia ter apenas um e me casar com ele. Mas era difícil encarar a perspectiva dos trinta anos batendo à porta e nada, nenhuma alma viva interessada em mim.

Quer dizer, almas vivas piedosas, porque, quando o assunto era laço do inimigo, eu já tinha tido três experiências bem desagradáveis.

A verdade é que o relógio biológico apitava cada dia mais alto, e ver as pessoas próximas a mim ficando noivas, fazendo chá de panela, se casando, tendo filhos e vivendo seus "felizes para sempre" não ajudava muito no longo processo de espera. Bem, ao menos eu estava satisfeita em Cristo.

— E, se continuar espantando todos os rapazes que se aproximam como você faz, vai permanecer titia pra sempre — Aline declarou com um tom que me soou uma repreensão.

— Eu não espanto os rapazes — me defendi de súbito. Interrompi meu trabalho de guardar os documentos nas pastas e a encarei. — De onde tirou essa ideia?

— Afugenta todos eles — ela afirmou e avaliou as unhas, como se não tivesse dito nada demais. — Como quer conhecer um rapaz se você não dá chance pra ele te dar um oi?

— Do que você tá falando, Aline? — perguntei, indignada.

— Do motivo de você ter vinte e nove anos e ainda não ter conhecido um cara bacana. Vive reclamando que não existem homens piedosos, mas, na verdade, é você que os afasta antes mesmo de saber se são legais ou não.

— Primeiro — ergui o dedo indicador —, eu ainda tenho vinte e oito. Segundo — ergui o outro dedo —, você tá maluca! Eu. Não. Espanto. Os homens!

— Ah, espanta, sim! — Paulo se intrometeu na conversa. Ele se apoiou na minha mesa e cruzou os braços. — O Alex, aquele meu amigo da praia, ficou bem interessado em você. Mas não foi adiante porque *você* deixou bem claro que não estava aberta pra nenhum tipo de conversa.

Meu queixo caiu. Como assim? O rapaz em questão só tinha me dado um "oi".

— Ele estava interessado em mim? — perguntei ainda surpresa. Paulo concordou com a cabeça. — Mas ele é um menino! Tem o quê? Dezoito anos?

— Ele tem vinte e dois — Paulo corrigiu.

— Lá vem você com esse preconceito — Aline me repreendeu de novo. — O Esdras é bem mais novo do que eu e nem parece.

— Bem mais novo? — Eu ri. — Você é dois meses mais velha! Estamos falando de seis anos de diferença, quase sete!

— Mas o Alex é bem maduro, muito mais homem do que alguns marmanjos de trinta — Paulo defendeu o amigo. — Mas você nem deu espaço pra ele mostrar suas qualidades, tratou o coitado como uma criança.

Sobre isso eu não poderia nem me defender. Eu o vi como um garoto da União dos Adolescentes mesmo. Ainda mais porque não tinha barba. A cara lisa e o cabelo de surfista não colaboraram. E eu nunca imaginei que ele pudesse ter interesse em mim.

Será que o que me resta são homens mais novos? Eu estaria fadada a um relacionamento em que *eu* seria a mais velha? Me lembrei de uma história da igreja da minha tia em que a moça havia dado aula para o marido na escola dominical infantil.

Não! Não estava preparada para isso! Ia contra toda a minha idealização romântica!

— Mas relaxa, agora ele está comprometido. Vai casar daqui uns meses. E a moça é uma felizarda, viu?

Semicerrei os olhos ao encarar Paulo. Cruzei os braços como uma criança, relutante em aceitar as acusações deles.

— O Alex não vem ao caso, já que é muito mais novo. Talvez eu tenha afugentado ele mesmo. Quero um homem barbudo e mais velho.

— Quer que eu te lembre do Tadeu? Você cortou tanto ele que o moço deve ter trauma de facas — Aline fez questão de me lembrar.

— Ele era estranho! — rebati e ergui um dos ombros.

— E o Carlos? — Paulo também entrou no jogo. — Ele é barbudo, mais velho e não é estranho.

— Ele é baterista! — falei como se fosse um motivo óbvio. Meu amigo revirou os olhos. — Todo mundo conhece a fama dos bateristas!

— Teve o Rodrigo, da padaria! — Aline continuou a lista. — Ele pareceu muito a fim de você.

— E ele é cristão, por acaso? — sondei.

— Não sei, você sequer deu a chance de ele se apresentar para saber.

Abri a boca, mas não consegui formular uma defesa. Fechei-a novamente e encarei um ponto na parede. Pensei em todas as vezes que mantive uma postura séria para evitar a conversa com o dono da padaria perto do nosso serviço. De fato, eu não quis dar nenhum espaço. E eu o achava muito bonito.

— E teve o Felipe da igreja — Paulo lembrou de mais um caso. — Vocês estavam indo bem até ele começar a demonstrar que queria te conhecer melhor. Aí o homem precisou de uma coberta grossa pra suportar seu gelo.

Pressionei os lábios. Eu realmente havia notado uma diferença no trato do Felipe comigo. Até então nossa relação girava apenas em torno da organização do acampamento de jovens do ano retrasado. Mas, quando ele passou a puxar conversa sobre assuntos pessoais, eu me afastei com a desculpa de que tinha muito trabalho para fazer. Não era uma mentira, de fato. Porém, eu o achei um pouco intrometido e emocionado.

Encarei meus dois amigos e a expressão deles era vitoriosa. Descruzei os braços, rendida.

— Tá, talvez eu faça isso. Mas é porque ainda não encontrei o cara certo. Aquele que vai conseguir entrar aqui. — Apontei para meu coração.

— E nem vai encontrar se continuar afastando todos eles. Vai por mim, Gabi, você tem que dar uma chance às pessoas. — Aline tocou no meu ombro.

— Verdade. — Paulo tombou a cabeça para o lado. — Muitos homens esperam algum incentivo por parte das mulheres antes de fazer algum avanço.

Desviei o olhar de Paulo e voltei a trabalhar com meus documentos. Eu não queria encarar a verdade. Aliás, sequer queria pensar sobre o assunto. Não havia por que me preocupar, não é verdade? Minhas orações seriam atendidas e o Senhor enviaria o cara certo na hora certa.

— Tive uma ideia! — Aline uniu as duas mãos com entusiasmo. — Que tal se comprometer a dar uma chance ao próximo rapaz que puxar conversa com você? Calma, não tô falando para pensar em casamento logo de cara. Apenas permita que se aproxime, troque algumas palavras, o suficiente para colher algumas informações sobre ele. Só isso. Tente uma vez, e depois outra. Uma hora vai dar bom!

— Concordo — Paulo emendou. — E a Dulci sugeriu apresentar um amigo nosso para você, mas ficou com medo. Você pode pensar na possibilidade de conhecer ele.

— Não! — respondi, indignada, e balancei a cabeça em negativa muitas vezes. — Parem de querer bancar o cupido. Aliás, eu estou bem assim, solteira. Nem estou pensando em casamento agora. Vocês estão colocando minhoca na minha cabeça. Me deixem trabalhar porque o expediente está acabando e preciso finalizar isso daqui para poder me arrumar e ir para a rodoviária.

— Deixa ela, Aline. A Gabi deve estar esperando que o Gandalf bata na porta da casa dela e leve ela até o pretendente perfeito. — Paulo jogou baixo usando um dos meus livros preferidos para provocar.

Os dois ainda fizeram algumas brincadeiras, mas, por fim, retornaram para suas mesas, me deixando só com meu trabalho e pensamentos conflitantes.

Será mesmo que eu afasto todos os homens?

002

ATÉ AQUI, O LENÇO ME AJUDOU

Sentada em um banco duro na rodoviária, observava o vaivém das pessoas. Algumas passavam apressadas, outras olhavam ao redor, com expressão de dúvida ou cansaço. Ao meu lado, um casal se abraçava em uma despedida silenciosa e dolorosa, como se tentassem prolongar aquele instante por mais um segundo.

Já eu me encontrava com um leve mau humor. Precisei enfrentar o ônibus lotado na volta do serviço com direito a passageiro com um cê-cê daqueles ao meu lado. Em casa, corri para fazer as malas, arrependida por ter deixado a tarefa tão em cima da hora. Depois, já no carro de aplicativo a caminho da rodoviária, peguei um trânsito insuportável, típico de uma sexta-feira movimentada na capital.

Também tinha dúvidas se havia sido uma boa ideia ter escolhido o último ônibus da noite para viajar. Seria uma viagem longa, madrugada adentro, e eu não conseguia dormir fácil em transporte coletivo. Talvez devesse ter ido no primeiro da manhã, mesmo que sacrificasse metade do meu sábado.

Mas, na verdade, não eram só tais contratempos que me incomodavam. A conversa mais cedo, com Aline e Paulo, retornava à minha mente o tempo todo, e eu era confrontada pelas provas levantadas pelos meus amigos.

Será que eu estou solteira há tanto tempo porque não dou espaço para os rapazes se aproximarem?

Suspirei angustiada e cruzei os braços.

Pensando bem, o Carlos parece um cristão de verdade, apesar de ser baterista. Nunca o vi atirando para todo lado; aliás, nunca o vi paquerando uma garota.

Ainda que tivesse tentado evitar o confronto, senti que agi de maneira orgulhosa e preconceituosa, igualzinho ao personagem de certo clássico que havia lido. Tinha ignorado todas as coisas legais dele só porque pertencia a uma classe duvidosa. Foi mais ou menos como o Legolas agiu com o Gimli no começo da jornada: bastou saber que era um anão pra já olhar torto e armar o arco. Coloquei Carlos na caixinha com todos os outros — que faziam a fama — e nem mesmo quis avaliar sua piedade.

Quantas outras oportunidades tinha deixado passar? Estaria idealizando um homem perfeito? Será que os mocinhos de romances cristãos tinham não só aumentado meu nível de exigência, mas também me feito cair em uma armadilha? E se eu estivesse dando mais importância a coisas secundárias em vez de focar no que de fato interessava?

Peguei a barra de chocolate dentro da minha bolsa e a abri com brutalidade. Indo contra minha consciência de maneirar no açúcar, mordi um pedaço e deixei que o doce se dissolvesse na minha boca aos poucos, enquanto fechava os olhos e respirava profundamente.

Eu não deveria usar a comida como fuga, mas esse era um assunto que não estava disposta a enfrentar no momento.

— Eu mereço, tive um dia difícil — murmurei baixinho, tentando convencer a mim mesma de que não era tão ruim assim me refugiar no doce. — Além do mais, tô de férias. Posso comer sem me sentir culpada.

Com a consciência anestesiada, mordi mais um pedaço do chocolate e conferi as horas. Faltavam vinte minutos para a saída do ônibus; já poderia descer para a área de embarque.

Peguei minhas malas: uma com roupas limpas e itens pessoais, a outra cheia de roupas sujas — afinal, eu sempre aproveitava a boa vontade da minha mãe e sua máquina de lavar. Coloquei a mala menor sobre a de rodinhas, ajeitei a bolsa a tiracolo e desci as escadas.

O ônibus já aguardava com a porta aberta. Havia duas pessoas na minha frente esperando despachar as malas. Deixei meus pertences com o funcionário da empresa, que os guardou no bagageiro. Entrei no veículo após o motorista conferir minha passagem e procurei o meu lugar. Para minha total decepção, percebi que o número da passagem não correspondia ao assento na janela. Conferi duas vezes, tendo certeza de que, quando comprei no site, a minha poltrona não era a do corredor.

Avaliei o ônibus, que ainda estava vazio. Dei de ombros e me sentei na janela, torcendo para que o assento estivesse vago e eu pudesse viajar em paz e sozinha.

Já acomodada, bebi um gole de água da garrafinha que levava comigo e comi mais um pedaço de chocolate. Pouco a pouco, as pessoas foram entrando no ônibus, assumindo seus lugares. A todo momento eu conferia o horário, na expectativa de não ter nenhum acompanhante.

Quando o ônibus ligou os motores, faltando um minuto para sair, suspirei aliviada, pois seria improvável que entrasse alguém cuja passagem indicasse o exato lugar onde eu estava. Mas, pouco antes de as portas se fecharem, um rapaz entrou afobado. Ele falou algo com o motorista e seguiu pelo corredor com o celular na mão em busca do lugar dele. Quando parou ao meu lado, tive a péssima sensação de que eu estava enganada.

— Com licença — ele pediu e, após conferir mais uma vez a tela do celular e o número da poltrona, tirou a mochila das costas, se sentou ao meu lado e a colocou no chão aos seus pés.

Fiquei sem saber se eu deveria informar que eu estava no assento dele porque o site tinha me trolado e vendido a passagem errada, mas, como ele não disse nada, optei por ficar quieta no meu canto.

O ônibus saiu da rodoviária. Eu estava incomodada com o fato de ter alguém ao meu lado. Se eu já tinha dificuldade em pegar no sono sozinha, teria ainda mais acompanhada.

O homem em questão estava um pouco inquieto, mexendo as pernas e as mãos com frequência. Mantive o olhar à frente, evitando qualquer contato visual, enquanto pensava se seria uma boa ideia mudar de poltrona. Talvez houvesse outro assento de janela vazio.

Ele se levantou de súbito e caminhou até a parte traseira do veículo. Fiquei imaginando se estava atrás de outro lugar, resolvendo assim o meu problema, mas o barulho da porta do sanitário se fechando lá atrás frustrou minhas expectativas.

Pouco depois, retornou e se sentou outra vez ao meu lado. Dei uma espiada discreta: ele inclinou o corpo para frente, alisou a testa e, de repente, se voltou para mim.

— Desculpa incomodar, moça, mas você teria papel higiênico aí? — perguntou meio aflito, meio sorrindo. — Eu tenho um problema intestinal e a situação está complicada agora.

Um pouco em choque com o pedido inusitado, avaliei o homem que esperava uma resposta. Apesar de ter muita barba no rosto, ele não era do tipo que me atraía de primeira. O cabelo era curto e escuro. O rosto fino. Assim como eu, usava óculos. Parecia ter mais ou menos a minha idade.

— É sério. — A expressão dele mudou um pouco, mostrando a gravidade do problema. — Será que pode me ajudar?

— Eu não tenho papel. — Fiz uma pausa considerando os meus pertences dentro da bolsa. — Lenço umedecido serve?

— Sim, por favor!

Pela urgência no tom de voz, me apressei em tirar de dentro da minha bolsa o pacote que eu carregava para situações emergenciais. Bem, *aquela* era uma emergência. Entreguei para ele, que sequer disse algo. Levantou-se e saiu outra vez rumo ao banheiro.

O ônibus saiu do anel rodoviário, entrou na BR-381 e as luzes internas se apagaram. Olhei pela janela o movimento da estrada. Me peguei rindo da situação em que me meti e fiquei imaginando como seria quando ele voltasse.

Será que ele vai me devolver o pacote? Eu pego de volta? Finjo que não lembro? Que constrangedor!

Os pensamentos foram em vão, pois o homem retornou com as mãos vazias.

Ele se sentou do meu lado e eu mantive o olhar fixo num ponto à frente. Queria evitar a todo custo uma conversa sobre o que tinha acabado de acontecer. Contudo, ele pigarreou de um modo que me forçou a encará-lo. Seria muito rude da minha parte se o ignorasse.

— Sou o Bruno — se apresentou com um meio sorriso.

— Ana Gabriela — respondi um tanto sem jeito. — Mas quase todo mundo me chama de Gabi.

— Ana Gabriela. Gostei da combinação dos nomes. Soa bem. — Ele sorriu outra vez e esfregou as mãos na calça jeans. — Então, eu não envolveria uma desconhecida em meus problemas intestinais, mas a situação exigia medidas drásticas. Pretendo pagar pelos… lenços.

Ele estava rindo e não demonstrou nenhum constrangimento por tratar do assunto comigo. Eu, ao contrário, não me sentia confortável. Porém, fui educada.

— Ah, não se preocupe. Fico feliz por ter sido útil. E não precisa pagar, tá tudo bem.

Do nada ele começou a gargalhar, embora tenha contido o barulho como pôde.

— Ai, sério, que situação! — ele falou com os olhos cheios de água. — Me desculpe!

Bruno tinha uma expressão tão simpática que me levou a dar um sorriso tímido.

— É, foi estranho. Mas fico feliz em ajudar.

— Você não imagina o quanto! As coisas poderiam ter sido piores se você não fosse uma pessoa prevenida. Obrigado.

Pressionei os lábios e, sem querer continuar a conversa, endireitei o corpo e desviei o olhar.

Com o canto dos olhos percebi que Bruno estava relaxado. Vez ou outra me encarava, quem sabe esperando uma abertura. Talvez ele fosse uma dessas pessoas que gostava de bater papo no meio da rua com gente que não conhecia. Eu, no entanto, não queria conversar. Tinha passado — e muito — da minha cota diária de interação social. Só queria viajar em paz.

Abri a bolsa e tirei algo que me ajudaria a escapar de socializar: meu leitor digital, a maior descoberta da minha vida literária. Nada substituía a sensação de folhear um livro físico, mas a praticidade de carregar centenas, até milhares, de histórias em um único dispositivo compacto era insuperável.

Com muitas horas e quase trezentos quilômetros pela frente ao lado de um homem que não parava de se mexer, entrei em minha biblioteca digital para escolher minha leitura da noite.

003

SÓ UMA CONVERSINHA INOFENSIVA

Apesar de ficar tentada a continuar o livro de fantasia cristã que havia começado, optei por ler primeiro o meu devocional noturno. Dulci havia me indicado um livro do Charles Spurgeon e, desde então, ele passou a ser meu companheiro diário, tanto nas manhãs como também nas noites.

Fiz uma breve oração silenciosa para então me dedicar à leitura do livro, porém comecei a me incomodar com o movimento ao meu lado. Um pouco desconfortável, virei a cabeça e peguei Bruno no flagra bisbilhotando o que eu estava lendo. Os seus lábios se curvaram de leve quando nossos olhos se encontraram.

— Desculpa a intromissão, mas é Spurgeon, né? — ele perguntou com simpatia.

— O quê? — Franzi a testa, perdida no meio daquela interação repentina. Saltamos de um pedido de papel higiênico para minha leitura atual?

— O livro que está lendo. — Ele apontou para a tela.

— Ah! — Olhei para a página que parei e concordei. — É dele, sim. Você conhece?

— "Quando um homem leva uma bomba em suas mãos, ele deve se preocupar em não chegar perto de uma vela; e você também deve tomar cuidado para não cair em tentação" — recitou.

Fiquei impressionada por ele ter citado um dos trechos que eu tinha marcado um pouco antes. Ele teve tempo suficiente para decorá-lo ou já o conhecia?

— Eu não estava espionando nem nada, vi sem querer — ele explicou como se tivesse lido em meus olhos minha indagação. — Li hoje mais cedo o mesmo texto, não tive como ignorar.

— Não, tudo bem. Sem problemas.

Sem dar espaço para ele voltar a falar, continuei minha leitura. Quero dizer, tentei, porque a conversa com meus colegas de trabalho começou a se misturar com o conteúdo do livro.

Eu estava fazendo aquilo de novo. Erguendo um muro para evitar contato. Fechei os olhos por um instante e tentei imaginar o porquê de eu decidir ignorar o passageiro ao lado. Ele não tinha sido rude; pelo contrário, foi simpático, mesmo que eu o tenha achado um pouco intrometido por ter espiado minha leitura e ter me sentido constrangida ao ser envolvida na sua urgência intestinal.

Lembrei da Aline dizendo que eu era incapaz de ter uma conversa despretensiosa com um homem. Eu não queria mais ser essa pessoa. Quantas outras vezes me arrependeria por ter rejeitado alguém por puro preconceito ou porque não queria dar abertura nem para um "oi"?

Suspirei e pensei no passageiro ao lado. Eu podia trocar algumas palavras com um desconhecido sem dano algum à minha vida. Afinal, ele mencionou um trecho de Spurgeon, o príncipe dos pregadores. Não poderia ser tão ruim conversar um pouquinho. Talvez até tornasse a viagem menos tediosa.

Abri os olhos outra vez e bloqueei a tela. Precisava agir rápido. Usaria meus três segundos de coragem antes que me virasse e fingisse estar dormindo para não ser mais incomodada.

— Você está lendo esse devocional também? — perguntei.

Pela expressão surpresa em seu rosto, soube que ele tinha captado bem a mensagem arredia em minha postura anterior.

— Sim, desde o início do ano — respondeu com um sorriso.

— Ah, legal.

Não sei o que me impulsionou, mas olhei de relance para as mãos dele em busca de alguma aliança. Não havia nada.

Me repreendi por ter tido um leve interesse nele, mas me convenci de que era só precaução, pois ninguém quer correr o risco de parecer estar dando em cima de homem casado.

Ergui a cabeça e fiquei apavorada quando encontrei seu olhar outra vez. Não sabia como continuar a conversa; eu era novata na arte de dar espaço para um estranho bater um papo comigo. Em especial quando nossas primeiras palavras foram a respeito de papel higiênico. Pensei no que poderia dizer para preencher o vazio.

Como é mesmo que as pessoas iniciam uma conversa na fila do supermercado?

— Deu uma esfriada hoje, né? — apelei para o maior clichê de todos. Eu precisava mesmo treinar como conversar com desconhecidos.

— Verdade, ontem tava um calor terrível. — Ele sorriu. — Você está indo para Caratinga?

— Não, vou descer em Inhapim.

Ele abriu um sorriso discreto.

— Que coincidência, eu também. — Sem dar espaço para eu reagir, soltou logo a próxima pergunta. — Você mora em Belo Horizonte?

— Atualmente, sim. Quer dizer, me mudei de Inhapim faz quase seis anos pra trabalhar na contabilidade do meu tio.

— Ah, você é contadora, então?

Neguei com a cabeça. Aquele nem de longe era meu assunto preferido, ainda mais quando não havia intimidade com o interlocutor. Cruzei os braços e ergui um ombro.

— Sou formada em Letras. Mas as circunstâncias me forçaram a mudar de área.

Ele piscou, arregalou os olhos, mas logo deteve a expressão.

— Que mudança radical. Do interior para a capital. Das letras para os números. Deve ter sido difícil.

Bruno passou a mão pelos cabelos, depois apoiou o braço na lateral da poltrona. Por algum motivo, sua postura descontraída e relaxada surtiu um estranho efeito sobre minha rigidez, como se me convidasse a baixar a guarda. No geral eu me esquivava de conversas assim, usando algo como "Logo me acostumei com a nova vida" para dar um fim no falatório. Mas, de repente, as palavras saíram da minha boca numa confissão sincera.

— Na verdade, foi mesmo. — Deslizei as mãos até meu colo. — Eu terminei a faculdade e queria trabalhar no mercado editorial, sabe? Mas acabei virando professora e descobri que não nasci para isso. — Sorri ao mencionar algo que foi um tormento para mim. — Depois de um ano, resolvi que nunca mais colocaria os pés numa sala de aula. Foi muito estressante.

Ele passou a mão na nuca e sorriu.

— Alunos difíceis?

— Você não imagina o quanto! Tinha uma turma em especial que me tirava do sério. Uma vez eu chorei quando cheguei em casa, cansada de tentar fazer eles se acalmarem.

— Estou me sentindo um pouco culpado. — Bruno fez uma careta e esfregou a mão na barba. — Eu era o tipo de aluno que provavelmente traumatizou você.

Apertei os lábios e o encarei, analisando a forma como os olhos dele se fechavam quando sorria.

— Era bagunceiro? — perguntei.

— Dos piores, daqueles que tocam o terror nas aulas. Eu nem sei como consegui me formar. Foi misericórdia de Deus mesmo.

Gostei de ouvir "misericórdia" e "Deus" na mesma frase. Já suspeitava que ele era cristão; não é qualquer um que sai por aí citando Spurgeon. Ele tinha começado bem, essa era a verdade.

— Mas continua, você não quis mais dar aulas, por causa de alunos como eu. Aí surgiu a oportunidade e você se viu trabalhando com números?

Olhei para meu colo e lembrei que ainda mantinha o leitor ali. Guardei ele na bolsa enquanto pensava se, de fato, deveria levar aquela conversa adiante.

— Se você não quiser falar, tá tudo bem — ele disse e se revelou um bom intérprete das minhas emoções.

— Não, não é isso. É só... Esse é um assunto um pouco íntimo pra tratar com um desconhecido.

— Ah, deixa disso, já passamos dessa fase. Depois do meu vexame, somos tudo, menos desconhecidos. Diria até que já criamos certa intimidade.

Me peguei presa no olhar dele. Não tinha como resistir à oferta de aproximação vinda de alguém com tamanha simpatia — nem àqueles olhos estreitos que combinavam com o sorriso largo. Ele estava sendo legal, e não haveria nenhum mal em contar um pouco da minha história. Uma vez terminada a viagem, seria improvável que o visse outra vez.

— Meu tio me fez a oferta de trabalho antes mesmo de eu entrar na faculdade — comecei enquanto esfregava meus dedos um no outro. — Mas, como eu queria outra área, recusei e me dediquei aos estudos. Bem na época em que deixei o emprego de professora, meus pais passaram por uma crise muito séria no casamento. Como minha irmã mais nova já tinha se casado, fiquei sozinha no meio das tentativas de reconciliação deles. E das brigas.

Fiz uma pequena pausa. Falar sobre isso nunca seria fácil. Quantas vezes vi minha mãe chorar trancada no banheiro e meu pai ameaçar sair de casa em meio às discussões, sem poder interferir. A pedido de minha mãe, guardei todas aquelas cenas e não compartilhei nem mesmo com Ceci, minha irmã.

— Achei que seria melhor me mudar de lá. A princípio fui morar com meus tios. Eles foram muito gentis, me acomodaram no quarto de hóspedes e me ajudaram muito. Comecei a trabalhar na contabilidade. Passei um pouco de aperto pra aprender, mas depois ficou tranquilo. Hoje até gosto do meu serviço.

— E você vem sempre aqui? — Ele fechou brevemente os olhos e fez uma careta. — Digo, em Inhapim... Nossa! Isso pareceu uma cantada barata, desculpa.

Desviei o olhar por um instante e sorri. A espontaneidade dele era um incentivo para eu me soltar.

— Sim, minha família é toda da região. E meus pais fazem questão que eu esteja sempre presente nas férias, feriados e ocasiões especiais. Vou passar uns dias por lá, aproveitar que vai ser o chá de panela da minha prima. E você? Mora em Belo Horizonte ou em Inhapim?

— Nem um nem outro. Sou de Belo Horizonte, e meus pais e irmão ainda vivem lá, mas eu moro em Ipatinga. Estou indo pra Inhapim ajudar meu tio na fabricação de um telhado. Trabalho com serralheria. — Com certeza ele supôs que eu não sabia nada sobre o que era ser um serralheiro, porque explicou em seguida: — Com metal. Fabrico portões, móveis, churrasqueiras, grades, telhados e uma infinidade de coisas.

— Minha mãe está louca atrás de alguém para fazer um portão pra ela — contei. — Eles fizeram uma reforma em casa, mas o portão continua o mesmo de sempre.

Eu tinha presenciado inúmeras discussões dela com meu pai sobre a necessidade de um novo portão que não destoasse do restante da casa, enquanto ele reclamava por ser um gasto desnecessário, uma vez que o outro funcionava muito bem.

Bruno se abaixou, mexeu na mochila aos seus pés e tirou de lá um cartão de visitas.

— À disposição. — Ele me entregou.

Quanto avanço! Para quem não conseguia sequer falar com rapazes desconhecidos, agora eu tinha até o número de telefone de um! Já podia visualizar Aline de boca aberta prestes a me fazer mil perguntas sobre o meu bom desempenho social.

Quando ele notou meu interesse no cartão, se adiantou e acendeu a luz em cima das nossas cabeças. Agradeci o gesto e examinei a pequena obra de arte que eu segurava. Nunca tinha visto um cartão de visitas tão bonito. Era elegante, moderno e, ao mesmo tempo, exalava simplicidade, com um design espetacular. Fiquei encantada.

— Serralheria Providência. — Ergui o olhar para encontrar o dele. — Nome curioso. Tem alguma história por trás?

— Do nome Providência? Bem, é uma referência a como Deus age em nossas vidas e como Ele fez eu entrar nessa profissão meio sem querer. — Ele deu de ombros. — E eu acabo tomando algumas providências pra ajudar meus clientes também. — Quando ele viu que eu achei graça, se rendeu. — Foi meio forçada a ideia, eu sei. Mas é porque você não sabe as outras opções.

— Tipo o quê?

— "Santo Ferro", "Serras da Graça", "Ferro Reformado", todas sugestões do meu irmão. Mas a pior delas foi "Sola Ferro e Solo Aço".

— Acho que entendi as referências. Providência foi uma boa escolha! — afirmei e sorri. — E achei esse logotipo sensacional.

— Meu irmão é designer gráfico. Ele quem cuida dessa parte para mim. — Ele apontou para o cartão. — Ele tentou me convencer que hoje ninguém mais usa papel, deveria investir só no digital e tal, mas eu ainda tenho muitos clientes mais velhos que não se adaptaram à tecnologia. Preciso garantir meu ganha-pão!

— Está certo — concordei e virei o cartão onde continha os dados. Além dos telefones, redes sociais e um QR Code, o nome dele estava lá. — Bruno Ferraço?

— Eu sei, eu sei — ele declarou como se já esperasse que eu tocasse no assunto. — Ferro e Aço, já estava predestinado à profissão mesmo antes de eu nascer. Providência Divina.

— Achei tendência. — Balancei o objeto no ar. — Pode deixar que vou entregar hoje mesmo para minha mãe.

Dei mais uma analisada no cartão. Meus olhos pararam no *user* do Instagram. Eu deveria conhecer o trabalho dele antes de indicar para minha mãe. Ao menos foi isso que passou pela minha cabeça quando, sem cerimônias, peguei meu celular dentro da bolsa e digitei o nome no aplicativo da rede social.

— Preciso me certificar de que seu serviço é bom, né? — esclareci diante de um olhar curioso.

A internet estava lenta devido à oscilação do sinal ao longo da estrada. Quando a busca foi concluída e o perfil dele abriu, fiquei encantada com as fotos do *feed*. Havia portões, telhados, móveis, grades etc., tudo de muito bom gosto. Me impressionou.

— Ah, isso daqui — ele apontou para a foto de uma churrasqueira muito bonita — é o motivo de eu ter me tornado serralheiro.

Ergui a cabeça e o encarei por um instante. Ele sorria.

— Meu pai tinha o hábito de inventar coisas que precisava. Ele dizia que era melhor do que comprar, porque podia deixar tudo do jeito que queria. Quando eu era adolescente, ele estava projetando uma churrasqueira e, ao notar meu interesse, resolveu me ensinar. Um pouco sem paciência, mas ensinou. Aprendi a cortar, soldar, esmerilar e lixar. Quando finalmente concluí o Ensino Médio, meio aos trancos e barrancos, estava decidido a nunca mais pisar em uma sala de aula. Mas eu também sabia que meus pais jamais aceitariam isso, é claro.

Era engraçado ouvi-lo contar sobre suas dificuldades com o estudo. Eu sempre fui uma aluna exemplar, dessas que só tiravam nota alta, não deixava de fazer nenhuma atividade e criticava pessoas como ele. Como éramos diferentes nesse aspecto!

— Inventei a desculpa de que tiraria um ano sabático para escolher com calma a área que gostaria de atuar antes de entrar na faculdade, mas, na verdade, eu só queria viver a vida à minha maneira. Naquela época, eu não tinha sido encontrado, sabe? Era dono do meu próprio nariz e estava decidido a satisfazer os desejos do meu coração corrupto. Estudar não estava na lista das minhas prioridades.

Ao ouvir seu discurso com expressões teológicas, cheguei à conclusão de que ele também me reconheceu como cristã. Era verdade o que minha mãe dizia, que uma das vantagens de ser adotada por Deus era passar a fazer parte de uma grande família, espalhada por todos os lugares do mundo. Bastou nos identificarmos para haver uma conexão imediata, afinal, cremos na mesma verdade e um dia viveremos todos juntos no lar eterno.

— Meu pai concordou com uma condição: que eu arranjasse um trabalho. Foi quando resolvi aproveitar o aprendizado da adolescência e fiz minha primeira prateleira de ferro. Ficou horrível, claro, mas foi ali que me encontrei. Com o apoio do meu pai, me dediquei a me aperfeiçoar no serviço e, pouco tempo depois, fiz um curso de serralheria. Logo eu, que jurava nunca mais estudar!

— Pra você ver como o mundo dá voltas — comentei pensando na minha própria vida.

— Pois é, em Sua Providência, o Senhor me guiou lá no passado. E aqui estou, fazendo o que amo. Nem sempre minha profissão é valorizada, eu sei. Não recebo o status que um médico ou engenheiro recebe. Sou só o serralheiro. Mas busco glorificar a Deus dando meu melhor em cada peça que faço. E sei que estou servindo ao próximo com meu trabalho, sendo útil às pessoas. E o ganho financeiro de um serralheiro é maior do que as pessoas pensam.

A fala acertou em cheio meu orgulho. Eu julguei alguns rapazes por seus empregos de baixo prestígio, pensando que a escolha tinha a ver com a preguiça de crescer profissionalmente. E lá estava o Bruno, me mostrando o outro lado da moeda. Constatar isso me fez ficar chateada comigo outra vez.

Há quanto tempo eu sou preconceituosa e não me dou conta?

Forcei um sorriso e voltei para a tela do celular. Passei por mais algumas fotos e vi a verdade das palavras dele estampada ali: ele buscava entregar algo com excelência.

— Você está de parabéns, seu trabalho é lindo — elogiei e apertei o botão de "seguir" antes de me voltar a ele. — Minha mãe estará em boas mãos.

Dali em diante, incentivado pelo meu elogio, passou a mostrar as peças e contar vários casos engraçados sobre elas. Desde situações envolvendo clientes indecisos até problemas nas produções. Bruno falava com tanta leveza e paixão sobre suas criações que era impossível não me sentir contagiada. Notei que seus olhos brilhavam e o tom de voz mudava quando ele falava sobre os projetos das churrasqueiras.

A conversa foi tão envolvente que passei um bom tempo ouvindo detalhes sobre ferro e solda nos minutos seguintes.

004

BONITO, MAS NÃO ME TENTA

— Desculpa, acho que me perdi no tempo falando do meu serviço. — Bruno ajustou os óculos. — Tenho a mania de alugar o ouvido dos outros quando converso sobre serralheria. Isso acontece quando se transforma o hobby em trabalho.

— Não foi um problema. Além do mais, ganhei uma aula gratuita sobre solda e… roldanas?

— Sim, roldanas. Você foi uma boa aluna. — Ele coçou a nuca sem desviar o olhar do meu. — Normalmente as mulheres não gostam muito desse tipo de conversa.

Abaixei a cabeça para esconder um sorriso discreto. Ao erguer o rosto, encontrei o olhar curioso dele.

— E você? Tem algum hobby? — Ele espalmou as mãos para cima. — Prometo ouvir sobre qualquer assunto, até mesmo um tratado sobre maquiagem e cabelo, para compensar você por ter me aturado.

— Talvez você se surpreenda.

Ele cruzou os braços e inclinou a cabeça de leve.

— Eu tenho o estranho hábito de explorar caçambas de lixo em busca de tesouros perdidos — contei e, ao vê-lo erguer as sobrancelhas, fiz uma pausa divertida. — Você sabe o que costumam descartar ali?

— Lixo?

— Lixo reaproveitável. — Ergui o dedo indicador. — Já encontrei muitas madeiras de demolição dando sopa dentro das caçambas me implorando pra serem resgatadas.

— Tá, mas o que você faz com isso?

— Transformo o lixo que as pessoas desprezam em móveis únicos. Quase toda a minha casa foi mobiliada com o que reaproveitei. Eu gasto muitas horas da minha vida assistindo vídeos de *DIY* para me inspirar.

— Estou surpreso. De verdade.

— Uma vez fiz um móvel usando uma gaveta velha que encontrei. Ficou tão lindo que me ofereceram uma boa grana por ele.

— E você vendeu?

— Não. — Balancei a cabeça em negativa. — Eu faço apenas para mim. Há algo muito especial em enxergar potencial em uma peça que ninguém mais dá valor e transformar ela, dando utilidade ao que foi descartado. Quando eu vejo o resultado, há uma espécie de ligação, sabe? Eu me apego, não consigo me desfazer de nada.

— Profundo. Você faz isso desde sempre?

— Não. Quando me mudei da casa do meu tio para a minha quitinete, precisava de móveis novos. Eu consegui comprar algumas coisas usadas, como fogão e geladeira. Mas o resto eu tive que improvisar. Criei minha primeira prateleira com as portas velhas do armário de uma vizinha, descartado na lixeira do prédio. Daí pra frente foi um caminho sem volta. Fui me aperfeiçoando e investindo em materiais, como colas, pincéis, tintas e até algumas ferramentas básicas.

— Você me deixou curioso.

Bruno ia falar mais alguma coisa, mas interrompeu o diálogo ao notar que o ônibus diminuiu a velocidade e fez a curva para a direita. Havíamos chegado na única parada da viagem, em João Monlevade, onde os passageiros poderiam esticar as pernas, usar o sanitário e fazer um pequeno lanche.

— Quinze minutos — o motorista gritou ao abrir a porta, assim que o veículo estacionou no lugar reservado para os transportes coletivos.

— Você vai descer? — ele perguntou.

— Sim, preciso usar o banheiro.

Ele se levantou e ficou no corredor do ônibus, ao lado da poltrona dele, me esperando guardar o celular na bolsa. Me levantei e ele apontou para que eu fosse à frente.

Descemos juntos sem falar nada. Eu ponderava sobre meu grande avanço: de alguém que não queria conversar com ninguém para alguém que havia conseguido companhia para descer na parada onde eu costumava descer sozinha.

Aline e Paulo estariam orgulhosos de mim!

Os banheiros masculino e feminino ficavam lado a lado. Nos separamos e eu fui usar o sanitário. Ao lavar as mãos, me assustei com a imagem no espelho. Meus cachos pareciam ter vida própria, numa verdadeira rebeldia capilar. Havia tanto frizz que poderiam facilmente dizer que eu tinha sido eletrocutada.

Que caos!

Abri minha bolsa em busca do meu potinho de gel que, assim como os lenços, era usado em emergências, e dei um jeito nos fios. Foi quando um pensamento intrusivo surgiu:

Eu estava o tempo todo assim, toda descabelada? Que imagem será que eu passei para o Bruno?

Franzi a testa e ri da minha situação. É claro que não havia motivos para eu me preocupar com a imagem que o meu companheiro de viagem tinha de mim. Porém, não gostava de andar por aí parecendo uma desleixada.

Molhei minhas mãos e, com um pouco de gel, comecei a domar os cachos para ficar mais apresentável. Eu amava meu cabelo cheio de cachinhos, mas já tinha lutado muito tempo com Deus por não ter me dado fios lisos e sedosos como os da Clys, minha amiga da adolescência. Enquanto eu lutava para finalizar meus cachos, ela apenas passava um pente no cabelo e ficava linda de arrasar, ao menos para meu padrão de beleza distorcido da época.

Para completar, usei óculos desde muito cedo e, convenhamos, quando eu tinha quatorze anos as armações não nos favoreciam como agora. Somado a isso, nunca tive o corpo das modelos que ditavam o ideal de beleza, o que alimentava ainda mais minha insegurança juvenil.

Mas o Senhor já tinha trabalhado no meu complexo anos antes e o espelho deixou de ser meu inimigo quando compreendi qual era o verdadeiro padrão de beleza a seguir: eu era criação de Deus, fruto de Suas mãos, feita à Sua imagem e semelhança. Ele fez as pessoas diferentes de propósito, não foi um erro de percurso não sermos iguais. Desde então, passei até a me cuidar mais e aprender a valorizar o que o Senhor fez em mim. E me achava bonita. Não era nenhuma beldade, mas eu aprendi a gostar da minha aparência.

Movi a cabeça de um lado para o outro para ver como o cabelo ficou e me agradei. Aproveitei e passei um brilho nos lábios ressecados. Era algo que faria mesmo se estivesse sozinha. Não tinha nada a ver com o homem que eu havia acabado de conhecer.

Quando saí do banheiro, encontrei Bruno encostado na parede com uma das mãos no bolso da calça, me esperando. Ao me ver, ele suavizou o semblante. O gesto me lembrou todos os meus sonhos românticos de adolescente.

Sim, tem um homem esperando por mim na porta do banheiro com um sorriso no rosto! E não é que ele fica até charmoso assim?

No mesmo instante me repreendi por um pensamento tão ousado. Não havia nada de errado em achar um rapaz fisicamente agradável aos olhos. Porém, eu não sabia se ele era solteiro. Não portar uma aliança não significava muita coisa. E se ele tivesse uma namorada? E se eu estivesse admirando um rapaz comprometido?

Incomodada com a possibilidade e chateada por ter dado asas aos meus pensamentos, me aproximei e parei diante dele sem saber bem como agir.

— Você quer comer algo? Pensei em tomarmos um café — ele sugeriu e trocou o peso da perna direita para a esquerda.

— Um café superfaturado? Você tem um rim saudável para vender? — brinquei e segurei a alça da minha bolsa. — Sabe o preço das coisas aí dentro? É um absurdo!

— É verdade. Até Salomão, com toda a sua riqueza, sairia daqui reclamando.

Eu achei graça da piada sem graça, e a expressão em seu rosto me fez relaxar. Ele fez uma careta.

— Bem, se o problema é financeiro, não se preocupe, eu posso pagar pra você. Não sou Salomão, mas posso abençoar sua vida. — Bruno desviou o olhar por um segundo. — Isso se não tiver nenhum problema, claro. Não sei se está comprometida. Não que o café signifique algo…

— Sou solteira — respondi rápido demais para meu gosto. — Nasci assim e ando achando que vou morrer assim. Um café não fará mal a ninguém.

Fiquei parada esperando ele dizer se era solteiro também, mas, em vez disso, me convidou a entrar no restaurante. Então vários pensamentos controversos começaram a se misturar na minha mente. A partir daí, minha cabeça virou um redemoinho de dúvidas. Será que a minha resposta soou como um sinal de interesse? Fui rápida demais em anunciar minha desventura amorosa?

Por dentro, tentei me tranquilizar. Não precisava me preocupar, já que de fato não havia interesse nenhum da minha parte. Mal o conhecia e, pra ser sincera, ele nem tinha me chamado atenção de cara. Não fazia meu tipo. Eu jamais me casaria com alguém que não agradasse meus olhos de súbito.

Tá… confesso que, na claridade, deu pra ver melhor. Ele era bonito, sim. Mas achar um homem bonito não quer dizer nada. Não é crime, nem significa que eu tenha segundas intenções.

— O que você quer comer? — ele perguntou, me trazendo de volta à realidade.

Olhei as opções na vitrine de salgados. Era madrugada, não queria comer fritura. Seria clamar por uma azia. O pão de queijo, por sua vez, era leve e estava bem atrativo.

— Pode ser um pão de queijo e um café simples. — Eu também não ia abusar da boa vontade do rapaz.

Nós nos servimos e fomos nos sentar em uma das mesas. Fiquei um pouco constrangida por ter pedido algo para comer enquanto ele carregava apenas uma xícara com café.

— Não vai comer nada? — perguntei.

Bruno deu um largo sorriso.

— Intolerância à lactose.

— Ah! — exclamei e tudo fez sentido. — Deve ser difícil.

— Já estou acostumado. — Ele olhou em direção à bancada dos salgados e riu. — Sempre costumo pedir algo que não contenha leite, mas nem sempre é confiável. Nas minhas condições atuais, acho melhor não arriscar.

Ofereci a ele um olhar de misericórdia, imaginando que não deveria ser fácil conviver com a condição.

— Você comeu alguma coisa hoje?

— Esqueci da viagem e me arrisquei comendo pão com uma fatia de queijo. Achei que não ia dar em nada, mas a consequência veio. — Ele apontou para meu prato. — Mas não vamos falar disso. É melhor você comer, temos apenas alguns minutos antes do ônibus sair.

Concordei e segui a sugestão dele. Porém, a curiosidade voltou a me atiçar e eu achei melhor ser direta, uma vez que ele também tinha sido.

— Você não vai ter nenhum problema por pagar o lanche de uma mulher que conheceu no ônibus? — perguntei e ele estreitou os olhos, sem entender aonde eu queria chegar. — Você não disse se é comprometido. Pode ter uma namorada ciumenta me esperando na rodoviária para tirar satisfação. — *Passei dos limites? Eu sou péssima nisso.* — Não que ela tenha motivos para ter ciúmes.

— Não se preocupe. — Ele bebeu um pouco do líquido quente, depois pousou a xícara no pires e me encarou. — Não tenho ninguém. Ainda não achei uma mulher que tenha despertado meu interesse a ponto de eu querer dar um passo tão importante.

Embora o comentário tenha aguçado minha curiosidade, eu não renderia o assunto. Já tinha sido ousada demais. Levei a xícara de café até a boca para beber.

— Então, Gabi. — Ele umedeceu os lábios. — Posso te chamar de Gabi, né?

— Pode, sim. Já tô acostumada.

Bruno se encostou na cadeira, cruzou os braços e inclinou a cabeça de leve.

— Se pudesse escolher um lugar no mundo pra conhecer, qual seria?

Demorei um pouco para entender a pergunta feita do nada. Era assim que as pessoas faziam para conhecer umas às outras, com assuntos completamente aleatórios?

— Não sei — respondi um pouco desconcertada.

Ele ergueu as duas sobrancelhas e continuou na mesma posição. Me senti acuada de repente.

— Onde essa conversa vai nos levar? — Senti que fui direta demais, o que poderia soar como uma grosseria. Passei a mão no cabelo e repousei o olhar na minha xícara. — Desculpa. Digamos que não sou boa com esse tipo de interação.

— Tipo de interação? Como conversas casuais?

Tomei coragem e ergui a cabeça. O olhar interessado dele encontrou o meu e temi que ele percebesse meu embaraço. No final, achei melhor ser sincera.

— Meus amigos dizem que sou muito fechada e tenho problemas para interagir ou conversar com pessoas com quem não tenho intimidade. Então, sim, não estou acostumada com conversas casuais. Acho que, no geral, eu fujo delas.

— Tá tudo bem. — Ele soltou os braços e repousou os cotovelos na mesa. — Já meus amigos dizem que eu sou indiscreto demais. Perdão, eu não quero ser inconveniente. Tenho mania de puxar conversa sobre todo tipo de assunto com quem me dá brecha. Prometo me controlar de agora em diante.

Ele sorriu e se calou. Eu não soube o que responder, por isso tratei de ocupar minha boca com um pedaço grande de pão de queijo. Ficamos em silêncio enquanto eu terminava de comer.

Bruno não falou mais nada e eu me senti desconfortável por ter interrompido a conversa. Não tinha sido de propósito; eu estava gostando, e talvez por isso fiquei me culpando internamente por ser uma péssima companhia.

No final, Aline e Paulo não estavam exagerando sobre minhas atitudes.

— Espera! — ele disse de repente, num tom afoito. — Aquele não é o nosso ônibus?

Olhei para trás, para onde ele apontou, e, sim, o ônibus estava com o motor ligado e o motorista não parecia nada feliz.

005

ME GANHOU COM POUCO ESFORÇO

Eu e Bruno deixamos a mesa e nos apressamos em direção à saída do restaurante. Havia duas pessoas na fila do caixa esperando para pagar.

— Vai na frente e não deixa o ônibus partir sem mim — ele orientou em tom de brincadeira. — Você quer mais alguma coisa?

Balancei a cabeça em negativa e me adiantei para a parte externa, temerosa de sermos deixados para trás. Já em frente ao ônibus, conferi as horas no celular e tinha se passado um minuto do previsto para a saída. Comuniquei ao motorista que um passageiro estava pagando a conta e recebi um olhar duro de repreensão.

— Fala pro seu namorado se apressar ou vai ficar para trás — ele avisou.

Eu ia explicar que não era meu namorado, mas achei melhor deixar para lá. Através das grandes janelas de vidro do estabelecimento, vi Bruno pagar a conta. Ele levantou a mão para mostrar algo, mas não consegui identificar o que era. O apressei com gestos afobados e ele apenas riu.

— Vamos, moça — o motorista chamou, impaciente.

Bruno veio apressado. Observei como ele inclinava a cabeça e movia os braços enquanto corria. Ele parecia se divertir com a situação, ao menos foi o que demonstrou no sorriso cativante que exibia.

Entrei no ônibus e fui direto para o meu lugar. Ouvi o motorista chamar a atenção do meu companheiro de viagem por atrasar a partida. Bruno se desculpou e, em seguida, se sentou ao meu lado, ainda sorrindo.

— Quase ficamos para trás — ele brincou e abriu a mão, revelando um bombom de chocolate branco, meu preferido. — Comprei pra você. Um docinho de sobremesa.

Alternei o olhar entre a mão, o sorriso e os olhos dele. Agradeci e peguei o doce. Quando meus dedos tocaram sem querer a mão dele, me senti como uma personagem de romance. A tal da corrente elétrica não percorreu o meu corpo, mas houve uma forte percepção do toque das nossas mãos.

Bruno abriu um pacote de chiclete que comprou para ele e, depois de colocar um na boca, me entregou um sorriso que iluminou todo seu rosto.

— Foi por pouco. — Deu um suspiro forçado e fingiu estar limpando o suor da testa. — Teve uma vez que eu estava voltando da casa dos meus pais e uma moça entrou no meu ônibus. Ela sentou duas poltronas à frente. Depois de meia hora na estrada, ela se levantou desesperada porque se deu conta de que havia entrado no ônibus errado. Foi uma confusão sem fim, ela implorava para o motorista voltar, mas ele não deu o braço a torcer. Foi um verdadeiro caos.

— E aí? Coitada! Eu ficaria em pânico também.

— O motorista conseguiu contato com um ônibus que vinha no sentido contrário e ela mudou de veículo pra retornar à parada e tentar resolver o problema de lá. Não sei se chegou no destino dela. Mas, desde então, eu me certifico de estar entrando no ônibus certo.

Olhei ao redor para procurar indícios de que estava no ônibus certo porque, ao contrário de Bruno, eu não tinha me certificado de nada. Fiquei aliviada ao reconhecer o rosto de um dos passageiros ao nosso lado.

— Me conta da sua conversão — ele pediu do nada.

— Minha conversão? — Pisquei algumas vezes, tentando me situar.

— Eu fiz de novo, né? — Ele esfregou a nuca. Depois ergueu as duas mãos em sinal de rendição. — Não quero me intrometer.

Precisei de alguns segundos para pensar em como responder.

— Não. De verdade, você não está sendo intrometido. Desculpa se dei a entender isso. Eu é que sou... — Ergui os ombros e deixei-os cair em seguida. — Sei lá, antissocial, talvez.

— Então me conte de sua conversão. Eu gosto muito de ouvir relatos de como Deus encontrou as pessoas. — Ele desceu a poltrona um pouco e se encostou. Cruzou as mãos em cima da barriga como se estivesse prestes a ouvir uma boa história.

— Acho que você vai se decepcionar. Não tenho nenhuma grande história pra contar. Sou daquele tipo que se entende por cristã desde a infância e não tem nada de extraordinário na minha conversão. Não daria um bom enredo de livro.

— Hum! — Bruno ergueu a cabeça para me encarar melhor. — Nasceu em um lar cristão?

— Sim e não. Minha mãe sempre foi cristã, mas meu pai... Ele frequentou a igreja por um tempo, na época do namoro deles, mas só. Atualmente ele segue pensamentos e ideias próprias, sem se importar com Deus.

— Entendo. E sua mãe te levou pra igreja desde criança? — Ele encostou a cabeça na poltrona, mas continuou com sua atenção em mim.

— Sim, por um bom tempo. Mas, com o nascimento da minha irmã, começou a ficar difícil, e, sem o apoio do meu pai, ela parou de ir, mas continuava falando das coisas de Deus para nós. — Apertei minhas mãos em cima do colo e fixei o olhar em meus dedos. — Quando eu tinha uns doze anos, mais ou menos, passei a ir sozinha, e lá eu me envolvi com os adolescentes e pouco a pouco fui crescendo no entendimento de Deus, desejando mais Dele e amadurecendo na fé. Fiz minha profissão de fé um pouco depois, com quatorze anos, quando tive a compreensão do meu pecado. Então foi isso, não tenho uma grande história pra contar.

Bruno virou a cabeça e encarou o teto. Aproveitei para reclinar minha poltrona também. Ele ficou um tempo calado, mas depois voltou a mim de novo.

— Tenho uma história diferente. Ao contrário dos seus, nenhum dos meus pais são cristãos. Vivi uma vida de busca por prazeres que nunca eram saciados, sempre querendo mais. Eu não era infeliz, sabe? Estava satisfeito em minha perdição. — Ele voltou a encarar o teto. — Não me orgulho das coisas que fiz.

Fiquei imaginando que coisas eram essas. E se eu estivesse conversando com um assassino? Eu estaria preparada para ouvir uma confissão assim? Eu já tinha entendido o quanto era preconceituosa. Não precisava confirmar que julgava as pessoas de antemão.

— Meu irmão se converteu primeiro — ele voltou a falar. — E começou a contar suas descobertas sobre Cristo e, do seu modo enérgico, sobre a Palavra de Deus. Engraçado, porque não precisei de muito tempo. O Senhor trabalhou em meu coração, e, quando a Palavra foi plantada, frutificou. As coisas que antes me eram prazerosas perderam a beleza e se tornaram motivo de tristeza e luta em minha vida. Me vi preso num lamaçal de pecado, necessitando de um libertador. Alguém capaz de me salvar de mim mesmo e da minha escravidão pecaminosa. E o socorro veio na forma do amor, da graça e do perdão de Deus.

O olhar que recebi estava cheio de profundidade. As palavras me soaram tão verdadeiras que o medo de ele ser um lobo em pele de cordeiro se esvaiu. Bruno me ganhou com pouco esforço.

— Sabe, eu tive uma grande transformação causada pelo Espírito. Foi uma verdadeira conversão, uma mudança de caminhos. Deixei as coisas velhas para trás e tudo se fez novo. Posso contar as maravilhas dessa transição, da graça e do perdão e me contentar porque o sangue de Cristo me lavou de todo pecado.

Ele fez uma breve pausa antes de continuar:

— Mas eu daria muito para poder ter uma história como a sua. Se pudesse, teria me poupado de cometer muitos erros dos quais me arrependo amargamente, mesmo ciente de ter sido perdoado. Não menospreze a sua trajetória, até porque, ainda que tenha crescido na igreja, em algum momento o Senhor a chamou e a redimiu.

— Meninas que crescem na igreja também precisam de redenção — declarei, refletindo sobre sua fala.

Ele me lançou um olhar inquisitivo.

— Li essa frase uma vez em um blog — expliquei. — A autora abordava o que você disse. Muitas vezes, as pessoas supervalorizam histórias de conversão com drásticas mudanças e menosprezam, ainda que inconscientemente, a trajetória de meninas que crescem em um lar cristão e são chamadas pelo Senhor ainda cedo. É como se pessoas como eu não tivessem sido redimidas por não terem uma data específica, um antes e depois. Mas tenho ciência de que fui perdoada também e que preciso da graça Dele quando luto contra meus pecados e minha carne. E são muitas lutas. Não sou perfeita nem santa como gostaria.

Ele sorriu compreensivo.

— É estranho. Quando alguém conta um testemunho de que "matei, roubei e me prostituía, então Cristo veio, me salvou e hoje não faço mais isso" é aplaudido. Mas a gente é vista como estranha ou perfeitinha por dizer que "não matei, não roubei e tenho me guardado porque fui ensinada nos caminhos do Senhor, fui alcançada ainda criança e conservada nesse caminho". Só porque nossa vida foi diferente, não significa que somos imunes ao pecado. Eu luto contra incredulidade, mentira, orgulho, independência, tentações seculares e tantas outras coisas.

Havia um brilho diferente no olhar de Bruno, que permanecia atento, me ouvindo.

— Acho que eu quem me empolguei agora. Desculpa pelo desabafo. — Encolhi os ombros, sem graça. — Você se converteu há muito tempo?

Ele desviou o olhar por um momento.

— Cinco anos. Cinco anos que eu provo da bondade e misericórdia do Senhor a cada dia. Cinco anos que deixei de ser inimigo Dele para me tornar filho. Foi um processo para renovar a mente e ver tudo com uma ótica nova.

— Você tinha quantos anos na época?

Bruno abriu a boca para responder, mas fomos interrompidos por uma jovem mulher aflita com um bebê no colo que parou no corredor ao lado das nossas poltronas.

006

CONFISSÕES, CONVICÇÕES E BAGAGENS DA VIDA

— Com licença — a mulher falou, hesitante. — Desculpa incomodar, mas será que vocês podem olhar meu filho por um minutinho? Preciso ir ao banheiro. Não desci na parada porque ele estava dormindo e não consigo esperar mais.

Bruno abriu um sorriso acolhedor no mesmo instante.

— Claro! — ele respondeu.

Não sei se foi minha falta de reação ou a disposição imediata dele, mas a mãe não titubeou e, com delicadeza, entregou o bebê para Bruno, que o segurou meio sem jeito. A criança não se intimidou, pelo contrário, demonstrou satisfação, especialmente quando reparou o par de óculos no rosto à sua frente, esticando a mãozinha para tentar alcançá-los.

— Ah — Bruno falou para a mulher antes que ela se afastasse —, não tem papel higiênico no banheiro. Melhor levar lenços umedecidos, só pra garantir.

Ela assentiu, voltou até o lugar dela duas poltronas à frente e depois passou por nós com um pacote de lenços em mãos. Bruno me lançou um olhar cúmplice que me fez rir.

— Coitada, não deve ser fácil viajar sozinha com o filho pequeno — comentei e ele voltou o olhar para o bebê. Lembrei do meu sobrinho Davi. Deveriam ter mais ou menos a mesma idade. — Ele é fofo. E parece ter gostado de você.

— O tio Bruno conquista as crianças, né? — ele disse com aquele tipo de voz que as pessoas costumam usar ao se dirigir aos bebês.

O neném balbuciou, alegre, e levou uma das mãos até a boca. Com a outra, tentou mais uma investida nos óculos.

— Você leva jeito com crianças — brinquei.

— Eu não sei por que, mas todas elas gostam de mim. Tem duas coisas que eu atraio sem precisar fazer esforço: crianças e imprevistos.

— Imprevistos? Do tipo precisar ir ao banheiro desesperado, chegar lá e não ter papel higiênico?

Ele me encarou com um semblante divertido.

— Tipo isso! — Deu uma piscadela.

Ele ajeitou o bebê no colo e fez algumas gracinhas, arrancando risadinhas gostosas do pequeno.

— Eu quero muito me casar e ter filhos — comentou de repente sem me encarar. — Tenho trinta anos, já passei da hora de formar uma família.

O bebê esticou mais uma vez os bracinhos em direção aos óculos de Bruno, que os tirou e colocou no alto da cabeça, antes que acabasse perdendo o objeto.

— Ei, rapazinho! Não pode! Isso não é brinquedo — tentou repreender, mas o tom da sua voz saiu mais como um incentivo para o bebê continuar.

— Acho que você precisa treinar um pouco mais antes de se tornar pai, ou seus filhos não vão te obedecer — declarei achando engraçada a interação entre os dois.

— Sou completamente inexperiente, admito.

A mãe surgiu do nosso lado com a expressão de alívio.

— Espero que ele não tenha dado muito trabalho — ela falou.

— Ele foi muito comportado — Bruno respondeu. — Exceto quando quis arrancar meus óculos.

A mãe abriu a boca para dizer algo, mas o balanço repentino do ônibus a obrigou a se segurar firme, interrompendo-a. No mesmo instante, o bebê regurgitou no braço de Bruno, que permaneceu imóvel encarando a sujeira sem saber reagir.

— Ai, desculpa! — Ela me encarou e me entregou o pacote de lenços, sugerindo que eu abrisse para pegar alguns para limpar a bagunça. — Ele acabou de mamar, esqueci de avisar.

— Não tem problema — Bruno a tranquilizou. — Acontece. Tá tudo bem.

Eu tirei alguns lenços do pacote e o devolvi para a mãe. Ela pegou o filho no colo e agradeceu mais uma vez, um pouco constrangida, e voltou para o lugar dela. Entreguei os lenços para Bruno, que se limpou.

— Essas coisas sempre acontecem comigo — ele falou balançando a cabeça de um lado para o outro.

— Aqui ainda está sujo. — Apontei para uma mancha branca no antebraço dele.

Bruno passou o lenço onde indiquei. Depois de se certificar de que a mancha havia desaparecido, dobrou o lenço com cuidado e jogou no saquinho de lixo preso ao encosto da poltrona da frente.

— A partir de agora, lenços umedecidos serão um item indispensável que carregarei comigo quando for viajar. — Ele ajeitou os óculos no rosto.

— Já me salvou muitas vezes.

Ele esfregou as mãos uma na outra e voltou a se recostar no banco.

— Crianças são bênçãos. Quando me casar, penso em ter ao menos três filhos. Gosto de casa cheia, bagunça, risadas… — Ele se voltou para mim e inclinou a cabeça. — E você? Gosta de crianças?

— Sim! Embora não ache que atraio elas como você. Demoro um pouco mais para conseguir a confiança delas. — Eu levei um bom tempo para conseguir atenção do meu sobrinho quando o vi pela primeira vez. Sabia bem como os bebês podiam ser temperamentais.

Ele concordou e seu olhar ficou distante por um momento. Depois, sorriu ao me encarar de novo.

— Você tem quantos anos? — perguntou, curioso.

— Vinte e oito, quase vinte e nove.

— Desculpe outra vez a intromissão, mas por que uma mulher como você ainda está solteira? Digo isso porque, no geral, cristãos querem se casar logo e, pelo seu histórico de vida e tal…

A pergunta me pegou de surpresa, mas havia algo na forma como ele aguardava minha resposta que me fazia querer ser honesta.

— A verdade é que eu não encontrei uma pessoa legal que despertasse meu interesse. Eu nunca namorei, porque levo essa questão a sério. Sou exigente quanto aos pretendentes.

Aquelas palavras ecoaram em minha mente. Aline e Paulo estavam certos e talvez eu estivesse sendo exigente demais, a ponto de desprezar pessoas legais por questões secundárias, e eu nem sabia direito o porquê de fazer isso.

— Isso é muito legal. Queria ter tido a oportunidade de ser assim também, mas infelizmente, antes de me converter, eu tive algumas namoradas e não estava nem aí pro modo como Deus via minha situação. Guiei meus relacionamentos de acordo com o que eu achava ser o melhor para mim, buscando satisfação. Era bem egoísta, assumo. Agora eu já penso diferente, sabe? Meu irmão diz que tive uma mudança radical nessa área.

Fiquei calada, sem saber o que dizer. O assunto "como vou conduzir um relacionamento amoroso" costumava ser um ponto de choque entre eu e outras pessoas. Eu tinha minhas convicções a respeito, mas não costumava sair falando sobre isso por aí.

— Eu sabia que não deveria tratar a área amorosa como antes e por isso entrei de cabeça em estudos sobre o tema. Como eu disse, tenho trinta anos, quero muito me casar, mas penso como você: devo ser cauteloso. Não vou me render a qualquer mulher só porque sinto que já deveria estar casado. Se não for para ter um relacionamento cristão de verdade, eu passo. Prefiro ficar solteiro que mal-acompanhado.

— Entendo. Sei bem quais são as consequências.

E sabia mesmo. O casamento dos meus pais era a prova do quanto se tornava difícil permanecer junto quando você e seu parceiro trilham caminhos diferentes.

— Mas — ele voltou a falar com um sorriso contido no rosto — eu espero que Deus me proporcione uma boa companheira. E falo isso não mais de modo egoísta, como antigamente. Eu realmente vejo a beleza do casamento como Deus o criou. É algo magnífico poder desfrutar dessa aliança e vivenciar o compartilhar de uma vida com alguém. Tornar-se um só.

As mãos dele não pararam quietas enquanto falava com entusiasmo.

— Eu quero, oro por isso, oro pela minha futura esposa, por possíveis filhos, até porque eu não acho que tenho o dom do celibato. Mas tenho aprendido a descansar no Senhor e buscar o contentamento na vontade Dele, ciente de que pode não acontecer como desejo e precise ficar solteiro por um bom tempo ainda, ou até mesmo pela vida toda.

Ver Bruno assumindo aquilo com tanta convicção me assombrou. Ele não tinha medo de deixar claro seu desejo pelo casamento, ainda que soubesse que poderia não acontecer. No fundo eu tinha um pouco de medo de dizer o mesmo. Era mais fácil não ficar pensando muito no assunto e deixar Deus guiar meus passos.

— Enquanto isso, sigo aproveitando minha vida de solteiro como um presente do Senhor para me dedicar a Ele, e para aprender e me profissionalizar mais.

— É um bom plano — foi o que consegui responder quando ele se calou esperando minha vez de falar.

— Além do mais, não está fácil encontrar uma mulher que tenha as mesmas convicções que as minhas sobre relacionamento.

Pareceu estar escolhendo as palavras certas, talvez com medo de ser mal interpretado.

— Não pretendo namorar por namorar, eu quero me casar, e o namoro é só a porta de entrada. E quero me casar rápido.

Por questão de convicção, vou reservar a intimidade física para o casamento, inclusive os beijos. Tive um passado que me deu provas o suficiente de que a pureza é o melhor caminho.

Eu quase me engasguei, chocada por ouvir aquilo saindo espontaneamente da boca de um homem — porque, sim, já tinha perdido as esperanças de que isso fosse acontecer um dia.

— Você não precisa se explicar — falei. — Eu penso igual.

007

PECULIAR, MEU CARO BRUNO

Dizem por aí que, quando duas pessoas descobrem um assunto em comum, elas se conectam como peças de um quebra-cabeça. Foi assim que passamos a meia hora seguinte: a conversa fluiu com naturalidade, e nós entramos em sintonia como se fôssemos velhos amigos. Descobri como nossos pensamentos sobre relacionamento estavam alinhados, o que me deixou ainda mais intrigada com Bruno.

A conversa foi pulando de assunto em assunto como um macaco pula de galho em galho. Falamos de teologia e doutrina, e nos demos conta de que também concordávamos nisso. E, quando a conexão já estava estabelecida, partimos para temas menos complexos, compartilhando um pouco mais do nosso cotidiano.

Em determinado momento, nos repreendemos e nos lembramos de falar mais baixo. Todo o ônibus estava em silêncio, os passageiros dormindo e nós dois tagarelando sem parar como se não tivesse passado das três da manhã.

A certa altura, já me sentia tão à vontade perto dele que todas as reservas tinham caído por terra. O jeito dele era cativante; ele não me deixava desconfortável, mas me mantinha presa nos assuntos mais inusitados.

— Meu rosto ficou tão inchado que eu não conseguia sequer abrir os olhos — Bruno falou baixinho, já que estávamos empenhados em não incomodar ninguém. — Espera, acho que tenho uma foto aqui.

Ele tirou o celular do bolso, desbloqueou a tela e entrou no seu Instagram pessoal. Fiquei curiosa à medida em que ele passava pelas fotos, pois é possível descobrir muito de uma pessoa através de suas redes sociais. Contudo, não consegui ver muita coisa porque precisei ser discreta.

— Achei — ele declarou com uma expressão divertida. — Espero que não fique com uma má impressão de mim depois disso.

Bruno me entregou o aparelho e eu tive que me segurar para não cair na gargalhada. A foto exibia um rosto muito inchado, vermelho e deformado. Os olhos mal se abriam. Os lábios dobraram de tamanho. Era o completo caos.

— Não acredito que você teve coragem de postar isso aqui! — declarei, incrédula. — Sério! Que tristeza, coitado!

— Você tá sendo bondosa, eu sei. Pode dizer que eu tava horrível. Meus amigos não me pouparam nos comentários. — Ele apontou para o número que indicava as reações na foto. Havia mais de setenta respostas. — Agora eu acho graça, isso sim. Mas no dia fiquei bastante preocupado, até pedi ao pessoal da igreja para orar. Fui parar na emergência e fiquei de observação mesmo depois de medicado.

— Alergia é perigoso mesmo. Tenho uma tia que foi correndo para o hospital com a garganta se fechando após comer camarão. Ela chegou lá com dificuldade de respirar.

— É verdade. E acredita que eu só descobri a intolerância à lactose por causa dessa crise alérgica? Os médicos do pronto-atendimento me orientaram a investigar a causa da reação. Fiz isso, procurei um médico, mas não descobri o que deixou meu rosto como um balão. A causa continua desconhecida. Só que, no meio das consultas, veio o diagnóstico que eu menos esperava, de intolerância à lactose. Saí do consultório com uma dieta restrita e uma lista de alimentos proibidos. Até então, nunca tinha associado meus enjoos e dores abdominais ao que consumia.

Fiz uma careta quando pensei na possibilidade de ser privada dos doces, laticínios e outras guloseimas de que tanto gostava.

— Não sei se sobreviveria a isso. Eu amo um leite condensado! E um queijinho no café da tarde, então. Seria muito sofrido para mim.

— Ah, eu também. Não foi fácil, mas me acostumei aos poucos. Quer dizer, ao menos aprendi a ser seletivo. — O olhar dele se tornou divertido. — Só avalio o custo-benefício antes de decidir comer alguma coisa.

— Tipo qual?

— Você vai pensar muito mal de mim — ele disse, mas não se mostrou preocupado com isso. — Eu sou fissurado por pão de sal com queijo e manga. Eu aceito uma crise em troca dessa iguaria.

— Você está falando sério? Pão, queijo e manga? — Arregalei os olhos, ergui as sobrancelhas e abri a boca.

— Seríssimo. Eu amo essa combinação. Você deveria provar, fica magnífico!

— Não sei se definimos "magnífico" da mesma maneira! — Balancei a cabeça. — Eu esperando ouvir um brigadeiro, pão de queijo, uma pizza com bastante muçarela... Por essa eu não esperava!

— Ah, me diz se você não faz nenhuma combinação estranha? Aposto que também tem algum gosto esquisito.

— Deixa eu pensar. — Desviei o olhar e procurei na mente se havia algo parecido com a mistura dele. — Já experimentou passar manteiga no pão e em seguida colocar uma colher bem cheia de achocolatado? Isso seria estranho? Porque eu amo!

— Nunca testei, mas me pareceu uma proposta interessante. — Bruno cruzou os braços. — Acho que vale a pena experimentar.

— Para quem come pão com queijo e manga... vai achar uma iguaria, tenho certeza — brinquei.

— Vou adicionar na minha lista de prioridades provar e ver se você tem bom gosto. — Ele fingiu tirar um bloco de anotações do bolso e, com uma caneta, também invisível, escreveu uma nota imaginária.

Achei graça da brincadeira e voltei o olhar para o celular. Me senti tentada a ver o restante do conteúdo. Estava curiosa para saber mais sobre a vida dele.

— Posso ver as outras fotos? — tomei coragem e pedi.

— Fica à vontade — ele respondeu com um tom que demonstrou satisfação.

Ainda impressionada com meu atrevimento, passeei pelas fotos. O que mais me surpreendeu foi a aleatoriedade do conteúdo. Além da foto da reação alérgica, tinha muitas outras engraçadas.

— Essa foto aqui é de um momento importante — ele contou depois de apontar para a tela do celular na minha mão. Na imagem, ele estava segurando um molho de chaves com um baita sorriso no rosto. — Eu perdi minhas chaves e fiquei dois dias procurando. Dois longos e terríveis dias, porque fiquei preso em casa, não tinha como sair.

— Você perdeu as chaves em casa? — perguntei, interessada na história.

— Sim! Eu sabia que estava em casa porque me tranquei lá dentro, né? Aí fiquei procurando, rodei a casa toda e não me lembrava onde tinha enfiado as benditas. Por fim, quando decidi chamar um chaveiro, liguei para meus pais para contar da minha última peripécia e minha mãe me fez relatar todos os meus passos desde quando cheguei em casa. Você acredita que ela, a quilômetros de distância, descobriu onde as chaves estavam?

— Mulheres e seus poderes sobrenaturais de achar o que os homens perdem. Não me impressiona.

Ele me encarou e sua expressão dizia que ele concordou com meu comentário.

— Onde estavam? — perguntei.

— Dentro da sacola que eu joguei no lixo. Eu fiz compras e não sei como as chaves caíram na sacola e eu joguei fora. Sim, eu estava prestes a dar um fim nelas. Iam parar em algum lixão, tristes e solitárias.

Levei a mão até a boca. Era impossível não achar graça, ainda mais porque ele encenava o relato.

— E, quando achou, você tirou foto das chaves?

Voltei a olhar para o celular e me atentei à legenda: "Que eu nunca perca de vista a alegria das pequenas coisas".

— É um lembrete pra ser sempre grato até com as pequenas coisas, aquelas do dia a dia que acabamos não dando valor. Fiquei tão feliz, mas tão feliz, que Deus me fez lembrar a benção que é ter pessoas que nos amam, nos ajudam quando precisamos e já não sabemos mais o que fazer.

— Profundo — afirmei e passei o dedo pela tela. Parei na imagem de uma espécie de pintura bem ruim. — E isso daqui?

— É para eu me lembrar que não tenho dotes para pintura. Como eu faço os desenhos das peças que produzo e sempre recebo elogios dos meus clientes, coloquei na cabeça que ia pintar como hobby. Naturalmente, descobri que não levo jeito para a coisa.

Abri um sorriso, gostando muito da forma natural que ele falava de si mesmo, e voltei para o celular. Em determinado momento, apareceu a foto da família, então ele me apresentou os pais e o irmão mais velho. Bruno era a cópia do pai, só que mais novo, enquanto o irmão, Francisco, era a cara da mãe. A foto capturou um momento natural da família, sem nenhuma pose. Eram eles, a essência deles, e apenas isso.

Senti aquele anseio que mulheres solteiras costumam ter em determinados momentos. O desejo de um lar unido, de uma família nossa. Eu queria muito ter uma história diferente dos meus pais, com um lar onde todos amam e buscam a Cristo, onde os problemas serão resolvidos com a graça e o amor de Deus entre nós.

Tentando me livrar do sentimento de melancolia, passei mais algumas fotos e parei num pão queimado.

— Acho que deu para perceber que também não possuo dotes culinários — ele falou.

— Você é engraçado. Nunca vi uma rede social com fotos tão… — Fiz uma pausa e procurei a palavra certa. Na verdade, eu achei sensacional, ainda mais porque estava bem animada em conhecê-lo um pouco mais. — Excêntricas, eu acho.

Bruno não conteve a risada.

— Eu sempre observei que as pessoas usam as redes sociais para ilustrar apenas uma parte da vida, muitas vezes até com certo foco na perfeição. Então pensei em fazer diferente e registrar a vida como ela é. E na vida real sou um péssimo cozinheiro e minhas pinturas são horríveis. Também sou impulsivo: quando decido fazer alguma coisa, me jogo de cabeça.

Ele me pediu o celular e rolou a tela até a foto dele mesmo todo machucado.

— Aqui, por exemplo, eu enfiei na cabeça que calçar os patins do meu amigo e descer uma rampa seria divertido. Olha no que resultou!

— Deve ter doído bastante — comentei tentando não rir.

— Bastante é pouco! — Ele ficou pensativo por um tempo. — Essas fotos tão aí para me lembrar de ter mais sabedoria ao tomar decisões quando tenho vontade de fazer algo. Deus tem trabalhado na minha vida, aliás, está sempre trabalhando, sempre moldando o que precisa ser mais parecido com Cristo.

— Que bom que Ele é misericordioso e gracioso, né? — afirmei em tom de brincadeira, mas ciente de que era verdade.

Bruno concordou e sustentou o olhar dele no meu por um tempo. Fiquei um pouco perdida com o gesto.

— O que foi?

Ele voltou a si e desviou o olhar para o aparelho.

— Aproveita e coloca aí o seu *user* para eu seguir. Você acabou de invadir minha vida particular sem qualquer hesitação. Me sinto na obrigação de fazer o mesmo.

— Errado você não está.

Atendi ao pedido dele e digitei na busca o meu nome. Meu perfil apareceu e, assim que entrei nele, Bruno pegou o celular da minha mão e apertou em "seguir", comemorando uma vitória que me fez rir e o repreender por fazer barulho.

— Você vai se frustrar. Meu perfil só tem céu, matinhos e livros. Eu quase não posto nada, sou *low profile* — revelei e dei de ombros. Peguei meu aparelho e aceitei o pedido de amizade dele.

Ele confirmou minha declaração. Havia poucas fotos e a maioria eram de coisas aleatórias que eu achava bonitas e fotografava.

— Nenhuma foto da sua família? Ou de uma situação engraçada que eu possa zombar? — Ele balançou a cabeça em negativa e fez um som de frustração com a boca. — Ana Gabriela, você me decepcionou. Bem, pelo menos eu posso te mandar mensagens agora.

— É, pode. E eu tenho o número do seu celular no cartão de visitas.

Quando nos encaramos, li em sua feição a mesma indagação que naquele momento surgiu dentro de mim. Toda aquela brincadeira era apenas uma desculpa para continuarmos em contato?

— Não esperava menos depois da história do papel higiênico — ele falou de modo dramático.

Bruno bocejou logo depois. Eu o acompanhei, já que era impossível ver alguém bocejando e não fazer o mesmo. E porque já tinha passado da hora de dormir.

— Você está com a cara de quem tá muito cansado — falei e relaxei a cabeça no encosto do assento.

— Pior que tô mesmo. Acordei cedo hoje e trabalhei duro o dia todo. Foi bem puxado.

— Pois deveria tentar descansar, dormir um pouco. Já são quase quatro da manhã. Daqui a pouco a gente chega e você vai estar morto.

— Acho que deveria seguir seu conselho, embora nossa conversa esteja tão agradável.

— Concordo. Foi a melhor viagem que fiz para Inhapim desde quando me mudei. Será que foi uma Providência Divina?

Ele compreendeu a minha referência.

— Acho que sim — respondeu apenas isso.

Ele guardou o celular no bolso e ainda tentou conversar comigo outra vez. Apesar de querer muito continuar, estava óbvio que ele precisava descansar. Fechei os olhos para impedi-lo de me chamar e, aos poucos, algo inédito aconteceu: o sono veio.

Antes de me afundar nos sonhos, ouvi ele orar bem baixinho. E, apesar de não ter entendido nenhuma palavra, tive impressão de que o pedido estava relacionado a mim. Dessa forma, descansei em paz.

008

COMO IR PARAR NUM *FEED* ALEATÓRIO

— Ei, Gabi, acorda. Chegamos em Inhapim.

Fui despertada por uma voz masculina que, a princípio, era distante, mas se aproximou devagar, tornando-se mais nítida e mais alta à medida em que eu acordava. Eu estava morrendo de sono, mas forcei meus olhos a se abrirem. Para minha surpresa, quando me localizei no tempo e espaço, me dei conta de onde estava: dormindo no ombro do homem que eu tinha conhecido naquela noite.

Assustada com minha audácia, e bastante consciente do contato entre nós, ergui a cabeça de uma só vez.

— Desculpa. — Constrangida, ajustei os óculos no rosto e passei as mãos no cabelo. — Dormi profundamente. Eu devo ter tombado para o lado e nem percebi.

Bruno não demonstrou nenhum traço de insatisfação.

— Foi mais ou menos isso mesmo — ele falou. — Mas achei melhor não te acordar.

— Você não dormiu?

— Não consegui. — Ele se abaixou e pegou a mochila.

Criei várias teorias em minha cabeça. Será que dormi de boca aberta? E se babei? Como ele reagiu quando caí para o lado? E se ele ficou acordado por eu tê-lo usado como travesseiro?

E por que, apesar do constrangimento, eu não estava preocupada por ter dormido no ombro de um estranho?

Meu rosto ameaçou esquentar de vergonha. Conferi as horas no celular e fiz as contas do tempo que passei apagada, tentando descobrir quando havia apoiado minha cabeça nele.

Olhei através da janela e reconheci as ruas escuras da minha cidade natal, tão diferente da capital agitada onde então eu morava.

Quando o ônibus parou no ponto de descida, Bruno se levantou, colocou a mochila nas costas e perguntou se eu tinha malas lá em cima.

— Não, elas estão no bagageiro.

Ele assentiu e nós seguimos pelo corredor silencioso. Além de nós, mais quatro pessoas desceram do ônibus e aguardavam para pegar as malas.

O sol dava um discreto sinal de sua aparição, mas a rua ainda era iluminada pelos postes. Olhei ao redor em busca do carro do meu pai, mas não o encontrei.

— Você tem muitas malas para pegar? — perguntei ao Bruno quando o funcionário da empresa abriu o bagageiro.

— Sim, trouxe minhas ferramentas.

O casal à nossa frente recolheu seus pertences primeiro. Logo depois, o funcionário retirou minhas duas malas. Bruno se adiantou para pegá-las e me entregar. Em seguida, recebeu as dele: uma maleta, uma caixa de ferramentas e uma bolsa de viagem.

Fomos para a calçada e o ônibus partiu, seguindo viagem para seu destino final.

— Seu pai vem te buscar?

— Sim — respondi, desviando o olhar em direção da rua, onde meu pai deveria aparecer. No entanto, não havia nenhum sinal dele.

— Ele está aqui? — sondou, gentil, embora a resposta fosse meio óbvia.

— Ainda não, deve ter se atrasado. Como você vai para a casa do seu tio?

— Meu primo vem me buscar. — Ele desbloqueou a tela do celular e leu uma mensagem. — Está saindo de casa. Mas vou esperar com você até seu pai chegar.

Dei um sorriso. Ele estava preocupado em me deixar desacompanhada. Mas eu havia viajado sozinha inúmeras outras vezes. A companhia dele foi apenas um adicional no roteiro. Não que tivesse sido um adicional negativo, pelo contrário.

— Que dia você retorna? — ele quis saber.

— Ainda não sei, mas sei que meus pais vão pedir pra eu ficar mais de uma semana. E você?

— Também sem data definida, calculo entre sete e dez dias para terminar o serviço.

Ele me encarou, mas eu acabei desviando o olhar. Peguei meu celular para checar se havia alguma ligação ou mensagem do meu pai, apenas para me decepcionar. Cocei a sobrancelha quase certa de que ele não apareceria.

— Está tudo bem?

— Eu vou ligar para ele, já deveria estar aqui.

Bruno permaneceu ao meu lado enquanto o telefone chamava até cair na caixa postal. Tentei novamente, apenas para me frustrar mais uma vez. No fundo, eu já sabia o que tinha acontecido. Deveria ter previsto isso, mesmo depois de minha mãe garantir que ele estaria me esperando no ponto.

Um carro surgiu pela rua cujo movimento era pacato, com somente um ou outro trabalhador matutino. Bruno fez sinal e o carro estacionou próximo da gente. Ele me explicou que era o primo e se afastou. Parou ao lado da janela do motorista, se inclinou, apertou a mão de um rapaz e falou algo com ele.

Tentei ligar para meu pai uma última vez e não consegui. Depois, disquei o número da minha mãe, que caiu na caixa postal. Ela tinha o péssimo costume de esperar acabar a bateria do celular por completo para então colocá-lo para carregar. Minha única opção seria apelar para Cecília, minha irmã, e pedir para meu cunhado me buscar. O dia já estava clareando, não faria mal esperar sozinha.

Bruno deixou as malas dele no carro e voltou para onde eu estava, provavelmente para se despedir.

— Conseguiu falar com seu pai?

— Não, acho que ele me esqueceu. — Forcei um sorriso, embora não achasse graça da situação. — Mas vou ligar pra minha irmã e pedir pro meu cunhado me buscar.

— Olha, eu falei com meu primo — ele apontou em direção ao carro estacionado — e ele disse que te dá uma carona. A gente te deixa em casa, para você não ter que incomodar seu cunhado a essa hora.

Hesitei por um instante. Não era do meu feitio aceitar carona com desconhecidos, mas, dadas as circunstâncias, e ao fato de que eu e Bruno já tínhamos passado da fase de "desconhecidos", não seria má ideia. Tudo sempre tem uma primeira vez.

— Não quero dar trabalho pra vocês. — Passei os dedos pela alça da minha bolsa.

— Eu sou um cavalheiro. Não deixaria uma dama a essa hora sozinha aqui no meio da rua. Além do mais, te devo uma. Você me salvou hoje mais cedo, deixa eu retribuir.

Ele não esperou minha resposta. Se adiantou e pegou as minhas malas, indo em direção ao carro. Segui atrás e esperei ele colocar meus pertences no porta-malas. Depois, ele abriu a porta de trás e eu entrei, acanhada.

— Bom dia! — O primo tinha a aparência juvenil, os cabelos estavam bagunçados e o rosto com marcas de quem tinha acabado de acordar.

— Gabi — Bruno falou assim que entrou no banco do passageiro da frente —, esse é meu primo João.

Movi a cabeça e forcei mais uma vez um sorriso. João ergueu os dois dedos formando um V, que eu, honestamente, não entendi.

— Onde você mora? — o motorista perguntou após ligar o carro.

— Sabe o mercadinho do seu Tonhão? — indaguei e o rapaz assentiu. — Eu moro na rua de trás, ao lado da padaria Du Pão.

— No nosso caminho, então — João disse e partiu com o carro.

Fiquei aliviada com o diálogo entre os primos no primeiro momento. Perguntaram sobre as respectivas famílias, comentaram sobre o resultado dos últimos jogos do Cruzeiro e do Galo, deixando suas opiniões sobre algum jogador que eu não tinha a mínima noção de quem era. Já estávamos próximo de casa quando João fez aquelas perguntas básicas sobre quando eu havia mudado de Inhapim e se gostava da minha rotina na capital.

— É aquela casa ali. — Apontei para o portão cinza todo corroído pela ferrugem.

O sol já clareava a cidade quando o carro estacionou na frente de casa. Bruno desceu comigo e me ajudou a pegar meus pertences e os deixou na calçada. Paramos de frente um para o outro. Ele colocou uma mão dentro do bolso frontal da calça jeans.

— Eu adorei conhecer você. — Trocou o peso de uma perna para a outra.

Eu queria responder que sentia o mesmo, mas fui incapaz de dizer uma palavra sequer. Temi parecer uma mulher atirada.

— Posso manter contato? — Ele tirou o celular do bolso. — Se você não se importar e quiser me passar seu telefone...

— Claro! Você quer o número agora?

— Por favor. — Ele desbloqueou o telefone e me entregou.

Digitei meu número e ele registrou na agenda. Depois, abriu o aplicativo da câmera do celular.

— Acho que nosso encontro merece um registro para a minha rede social da vida real.

— Me sentirei honrada de estar ao lado de um pão queimado e do rosto inchado — brinquei.

Bruno ergueu o celular em frente aos nossos rostos e capturou o momento sem me dar tempo de posar para a foto.

— Perfeita! — ele declarou, mas não me deixou ver o resultado.

— Você nem me avisou, devo ter saído horrível! E se eu fechei os olhos? Estou toda descabelada também.

— Bobagem! Você ficou ótima. — Olhou outra vez a tela do celular.

— Deixa eu ver — pedi, sabendo que ele não me permitiria ter acesso à foto antes de nos despedirmos. — Poxa...

— Eu envio pra você depois, não se preocupe.

Nos encaramos. Procurei algo para dizer, mas ele tomou a frente outra vez.

— Bem, acho melhor eu ir. — Guardou o celular e olhou em direção ao carro do primo.

— Bom fim de semana pra você. E obrigada por me trazer.

— Não por isso.

Olhei para ele, em dúvida do que fazer. Eu deveria abraçá-lo? E se me achasse atrevida demais? Era melhor um aperto de mãos.

Ergui a mão ao mesmo tempo que ele se aproximou para me dar um abraço. Nós rimos e acabamos nos despedindo de um jeito meio sem graça, com um abraço de lado.

Eu ainda tinha as chaves de casa, que minha mãe achou melhor deixar comigo, mesmo depois de eu me mudar. Agradeci internamente por ela ter insistido para eu ficar com elas, na certeza de que as usaria quando fosse visitá-los, podendo entrar sem fazer alarde.

João e Bruno só partiram depois que eu fechei o portão atrás de mim.

Fiquei um tempo parada no pátio. O carro vermelho do meu pai estava estacionado na garagem. O vaso de cerâmica ao lado da escada ainda estava lá, com a rachadura causada pelas raízes insistentes do cacto monstruoso. A coleção de orquídeas da minha mãe, o tapete vermelho desbotado na entrada, a parede lateral repleta de lodo, o comedouro para beija-flor pendurado na varanda que continuava vazio e queimado pelo sol.

Tudo permanecia igual. Nada parecia ter mudado.

Respirei fundo algumas vezes antes de pegar minhas coisas e destrancar a porta dos fundos. O local estava silencioso.

O aroma forte de tempero, misturado ao de café torrado, trouxe uma onda de familiaridade, a certeza de que eu estava realmente em casa.

Olhei para as latas de cerveja amassadas jogadas em cima da mesa e a garrafa de uísque vazia encostada no canto e suspirei. Ele não deixaria de "fazer o social" na sexta à noite, como dizia, só porque precisava acordar cedo para buscar a filha.

— Só minha mãe mesmo pra ainda acreditar nisso — murmurei baixinho.

Fui até o meu antigo quarto, que ainda estava mobiliado exatamente como eu deixei. Mamãe havia colocado lençóis limpos na cama que exalavam o perfume de amaciante. Coloquei as malas num canto, tirei meu tênis e me deitei no colchão macio. Eu estava exausta e precisava descansar, já que à noite teria que encarar uma festa.

Meu celular vibrou com uma notificação. Não sei bem o motivo, mas tive certeza de que era Bruno. Uma marcação no Instagram me levou até a nossa foto. Eu estava mesmo descabelada e o ângulo não me favoreceu em nada. Mas o que mais me chamou atenção, além dos olhos sorridentes dele, foi a legenda.

"O dia em que pedi papel higiênico para a passageira que roubou o meu assento no ônibus. Devo a ela um pacote de lenços umedecidos, mas ela me deve desculpas por viajar no meu lugar. Seria esse o início de uma amizade promissora? Espero que sim! De verdade, espero mesmo que sim!"

Dei um sorriso e cliquei no coração para curtir a foto. Segurei o celular com as duas mãos e encarei o teto, pensando na viagem. Uma doce e inquietante expectativa cresceu em meu peito, mesmo sem eu entender o motivo.

Girei o corpo e coloquei o celular em cima do colchão ao meu lado. Fiquei encarando a tela e minhas últimas palavras antes de pegar no sono foram uma oração a Deus, grata por ter cuidado de mim durante e depois da viagem.

009

TUDO QUE SE ESCOLHE, SE COLHE

Despertei com o aroma de bolo no ar. Estendi a mão e encontrei meu celular na mesa de cabeceira ao lado da cama. As cortinas fechadas eram mais uma prova de que minha mãe havia passado por ali enquanto eu dormia.

Olhei as horas no aparelho e já se passavam das três da tarde. Me sentei na cama e movi minha cabeça e braços. Meu corpo indicava pontos doloridos enquanto eu alongava a musculatura.

Embora a fome desse sinal de vida, preferi tomar um banho demorado e trocar minhas roupas antes de ir encontrar meus pais.

Minha mãe arrumava a cozinha usando o vestido tradicional de "ficar em casa", como ela o apelidava. O cabelo curtinho tinha sido aparado e tingido de castanho recentemente. Era bom vê-la cuidando da aparência, mesmo que motivada pela festa que aconteceria à noite. Embora ainda não tivesse completado os sessenta anos, as marcas em seu rosto revelavam o quanto as dificuldades da vida a afetaram. Concentrava-se na louça quando atravessei a porta que dividia o cômodo com a sala de jantar.

— Boa tarde, dona Ana!

Ela se sobressaltou e levou a mão até o peito. Com os olhos bem abertos, virou-se em minha direção e deixou os ombros caírem.

— Que susto, menina! — Então, abriu um sorriso acolhedor. — Boa tarde, Bela Adormecida.

Caminhei até ela e recebi um abraço saudoso. Eu sabia o quanto ela sentia falta das filhas em casa, e isso apertava um pouco meu coração.

— Fez boa viagem?

— Sim, foi muito tranquilo. — A imagem do rosto de uma pessoa surgiu em minha mente, mas fiz questão de afastá-la logo, afinal não tinha nenhuma relevância para a conversa. — Tem café?

Ela enxugou a mão no pano de prato que estava sobre seu ombro e se afastou em direção à geladeira.

— Guardei almoço pra você. Fiz frango com quiabo.

Dei um sorriso e neguei com a cabeça.

— Acho que vou preferir o café. O bolo é de quê?

— De cenoura — falou sabendo que me agradaria com a resposta. — Também assei alguns biscoitos de nata ontem.

Peguei uma xícara no armário e a garrafa de café e levei até a pequena mesa da cozinha. Me servi do líquido quente preparado com grão torrado e moído na roça e me sentei na cadeira com um dos pés apoiado nela.

— Sua irmã deve estar chegando. — Mamãe colocou na mesa um pote com meus biscoitos preferidos.

— Mal posso esperar para pegar o Davizinho no colo.

— Ele é tão esperto! Precisa ver ele engatinhando pra lá e pra cá.

— Falou a avó babona — brinquei.

Ela fez algumas perguntas sobre meus tios, sobre minha casa e trabalho. Enquanto eu respondia, se adiantou para fazer uma calda de chocolate para o bolo e eu tomava meu café e beliscava alguns biscoitos. A conversa me trouxe uma nostalgia da época em que eu e minha irmã nos sentávamos na cozinha para conversar, enquanto mamãe preparava alguma comida gostosa para nós. Ela sempre foi uma cozinheira de mão-cheia.

Meu pai interrompeu nosso diálogo ao abrir a porta da cozinha que dava para os fundos. Com seu quase um metro e noventa de altura, a barriga avantajada denunciava seu gosto peculiar por doces — e pela cerveja. Os cabelos e a barba já estavam tomados por muitos fios brancos, mas ele continuava com a postura imponente de sempre.

— Bom ver você, filhinha. — Ele deixou um beijo no topo da minha cabeça. — Fez boa viagem?

Mamãe, que mexia a calda do bolo no fogão, me encarou com a testa franzida. Vi em seu olhar que ela soube da negligência do meu pai por não cumprir com a promessa de estar lá para me buscar. Movi a cabeça discretamente para que ela não tocasse no assunto. Mal havia chegado, não queria uma discussão entre eles.

— Fiz, sim. — Tomei um gole do meu café. Ele se sentou à minha frente na mesa e esfregou a testa. — O senhor tá bem?

— Com uma baita dor de cabeça. Ana, pega um copo de água e um analgésico — pediu para a minha mãe com o tom mais seco. Depois, voltou-se a mim. — Tem café aí?

— Sem açúcar. — Me levantei e fui até o armário pegar um copo e o açucareiro para dar para ele. — Desculpa, mas mamãe me mimou.

Ele sorriu e se serviu com um copo cheio de café. Eu achava engraçado que, com tantas louças bonitas, mamãe e papai preferiam usar o famoso copo de vidro de requeijão. Após tomar um gole, fez uma careta.

— Não sei como você consegue tomar café amargo. — Meu pai encheu um pouco mais seu copo com açúcar.

— Fui tirando aos poucos até me acostumar. Você deveria, daqui a pouco a diabetes vai bater na porta.

— Lá vem você, está parecendo sua irmã. — Ele tomou o café doce, depois olhou para minha mãe, impaciente. — Mulher, não te pedi remédio?

— Calma, amor — ela respondeu com paciência. — Estou terminando a calda do bolo. Se eu desligar agora perde o ponto.

— Pouco me importa a calda do bolo, minha cabeça tá estourando. Você nunca faz as coisas que eu peço!

Minha mãe ia desligar o fogo, mas eu me levantei.

— Eu pego pro senhor!

Fui até a gaveta onde ficavam os remédios ouvindo meu pai discutir com minha mãe sobre o quanto ela priorizava qualquer coisa no lugar dele. Aquilo era uma injustiça sem tamanho: ela fazia de tudo por ele. Respirei fundo, me controlando, enquanto procurava o analgésico. Quando retornei para a cozinha ele ainda reclamava, dessa vez do café forte dela.

— Aqui está, pai. — Entreguei para ele e peguei um copo de água. — Agora, por favor, tem como o senhor ser um pouco mais gentil com a mamãe? Já falei que seu jeito não é nada agradável.

Meu pai me encarou com a expressão séria, mas não disse nada. Tomou o remédio e ficou quieto. O silêncio na cozinha só era interrompido pelo som da colher raspando o fundo da panela de alumínio. Quando minha mãe deu o ponto na calda, desligou o fogo e se virou para o marido.

— Por que não toma um banho e se deita um pouco, meu bem? Daqui a pouco a Ceci chega com o Davi.

— Vou fazer isso mesmo. — Ele se levantou, tomou o resto do café e deixou o copo na mesa. Sorriu e deu um tapinha carinhoso no ombro da minha mãe, como se não tivesse acabado de ter sido grosso.

Depois de despejar a calda em cima do bolo que ela tinha tirado do forno, mamãe se certificou de que meu pai estivesse dentro do quarto com a porta fechada para me perguntar:

— Seu pai não te buscou, né?

— Eu já sabia, mãe. Ele não deixa de beber sexta e sábado.

— Mas ele estava tão animado ontem com sua chegada, falou a semana toda com o pessoal da rua. Deve ter esquecido que combinou com você. Viu que ele nem mencionou nada?

— É, ele deve ter se esquecido.

Não era uma mentira, já que ele sempre se esquecia de tudo após beber muito, o que acontecia tradicionalmente todos os fins de semana.

Minha mãe se sentou ao meu lado e colocou a mão sobre a minha.

— Não liga para isso, ele te ama. É o jeito dele. Nunca recebeu carinho e amor do seu avô, ele só replica o que aprendeu.

— Mãe, não dá para relevar o modo como ele te trata.

— Eu já me acostumei, filha. Eu sei que isso não é por minha causa, mas por ele. Há coisas que a gente aprende a relevar para manter a paz do casamento.

— Eu nunca vou relevar isso, mãe. Eu não vou me casar com um homem que me trata… — Interrompi o que eu ia dizer para não magoá-la. — Eu não aceitaria isso.

Minha mãe retirou a mão de cima da minha e abaixou um pouco a cabeça.

— Eu fiz a minha escolha no passado, agora tenho que arcar com as consequências.

— Mas não precisa aceitar dessa forma, mãe. Olha… — Ergui as duas mãos e fechei os olhos. — Eu não vou me meter, como prometi daquela vez, mas você deveria conversar com ele ou procurar ajuda para vocês. Não é saudável viver assim.

— Já são mais de trinta anos assim, filha. Tá tudo bem.

Óbvio que não estava. Ficava claro para qualquer um que mamãe se machucava com as palavras duras que o marido direcionava a ela. Porém, preferi ficar quieta e aceitar o que ela disse. Forcei um sorriso e peguei um biscoito de nata.

— Isso está delicioso, de verdade.

— Separei nata para fazer uma fornada para você levar quando for embora — ela falou com satisfação.

— Deixa a Ceci saber!

— Ela não precisa saber.

Um pouco mais tarde minha irmã chegou com o marido, Mário, e o meu sobrinho gorducho de nove meses. Fazia um tempo que eu não os via, por isso não hesitei em ser a primeira a pegar Davi no colo como uma tia babona.

Ceci me abraçou de lado, feliz por me ver. O marido deixou as sacolas de compras recheadas de delícias da padaria mais famosa da cidade antes de também me cumprimentar.

— Tia Gabi desnaturada chegou, filho — Mário provocou. — Ela só quer saber de trabalhar e da cidade grande agora.

— Ha-ha-ha. Muito engraçado.

Mário piscou para mim e foi abraçar a minha mãe. Ele gostava muito dela e sempre fazia de tudo para agradá-la. Apesar de eu não concordar com a escolha da minha irmã, ele era um bom genro, bom marido e bom pai, eu não podia negar.

— Como foi a viagem? — minha irmã perguntou depois de encher a mão de biscoitos e se sentar.

— Tranquila. — Me sentei com Davi no meu colo, feliz por ele não ter me estranhado.

— Eu vi as latas de cerveja lá fora — ela comentou sem sequer se preocupar em não ser direta. — Ele te buscou?

— Claro que não — respondi e olhei para minha mãe, que se manteve calada.

— Sabia! — Ceci falou indignada. — Por que não me ligou?

— Eu consegui uma carona e não queria incomodar vocês tão cedo.

— Não seria incômodo nenhum — Mário respondeu. — Eu te buscaria sem pestanejar.

— Eu sei, mas não precisou.

— Quem te trouxe? — Minha mãe me encarou.

— Um conhecido. Vocês não sabem quem é — respondi de forma natural e desviei o olhar para me concentrar no meu sobrinho.

— Quer ajuda com a mesa, dona Ana? — Mário questionou.

— De jeito nenhum, pode se sentar. Vou colocar a mesa lá fora, onde cabe todo mundo.

Apesar de ela dispensar ajuda, meu cunhado levou alguns pratos de comida para a mesa de madeira que ficava na varanda.

Eu, de posse de meu sobrinho, me sentei na rede que havia no canto esquerdo do local.

Davi esticou a mãozinha e tentou pegar meus óculos, o que me fez lembrar do Bruno. Abri um sorriso ao pensar nele sem jeito com o bebê na viagem.

— Agora deixa a avó babona pegar esse pequeno um pouco. Vamos acordar o vovô? Ele vai ficar feliz de te ver.

Davi foi para os braços de minha mãe, que entrou em casa para acordar meu pai e chamar para o café da tarde. Mário pediu licença para ir ao banheiro, deixando eu e minha irmã sozinhas.

— Vocês vão no chá da Thallyta hoje? — perguntei.

— Não. — Percebi algo como uma leve decepção na expressão dela. — Você sabe que o Mário não gosta muito desse tipo de evento. Além do mais, o Davi dorme cedo e ele não fica no carrinho, tem que ser no bercinho. Achei melhor não ir.

— Sério?

— Mas — ela tentou soar animada —, se você for à igreja amanhã, acho que vou também.

— Claro que eu vou à igreja amanhã. Espera, o que você quer dizer com "acho"? Você não está indo?

Ela hesitou alguns segundos. Desviou o olhar para as mãos.

— Davi dá muito trabalho, é muito difícil olhar ele sozinha. Eu vou quando dá.

— Ceci!

— Eu sei, eu sei. — Ela me encarou e entendi que não precisava repreendê-la. A culpa estava estampada em sua feição. — Você estava certa e eu não quero falar sobre isso. Por favor.

Fiquei com dó da minha irmã. Me levantei da rede e me sentei ao lado dela.

— Vai ser ótimo se você for comigo amanhã. Eu te ajudo a olhar o Davi.

Cecília sorriu e me abraçou. Eu sempre amei minha irmã, mas era incrível como depois de adultas nos tornamos tão próximas. Minha mãe dizia que era porque não convivíamos mais diariamente, então os conflitos diminuíram. Acho que ela estava certa sobre isso.

Mário retornou junto com mamãe e Davi. Ela avisou que meu pai viria logo, mas poderíamos comer. Eu já estava cheia, mas não ia recusar os quitutes em cima da mesa. Meu cunhado sempre trazia coisas deliciosas quando vinha comer com a gente.

Minha mãe ainda cuidava do neto, dando comida e brincando com ele.

— Outro dia vi uma Bíblia infantil linda na casa da Rebeca — mamãe falou. — As páginas são duras, o bebê não consegue rasgar, sabe? Ela disse que comprou na internet. Vou perguntar se ela compra uma igual para eu dar pro Davi.

— Dona Ana — Mário interveio com calma e gentileza —, sei que a senhora tem boas intenções, mas eu e a Cecília decidimos que não vamos influenciar a escolha da religião do Davi. Não queremos induzi-lo a crer em algo porque aprendeu desde pequeno. Queremos que ele tome a decisão do que vai seguir, sem interferências externas. Claro que vamos respeitar a escolha dele, seja qual for. E não impediremos ele de ouvir sobre o cristianismo, mas sem esse tipo de intervenção, sabe?

A boca da minha mãe estava aberta, em choque. Eu olhei para minha irmã, que se concentrou no pão que estava preparando, sem esboçar qualquer reação.

— Sendo assim, sem Bíblias por agora — Mário completou com um sorriso.

Esperei alguma reação da Cecília, opondo-se àquela decisão, que ia contra toda a nossa crença, mas ela não falou ou fez nada. Ficou claro que, como minha mãe havia comentado antes, minha irmã também havia cedido, relevado seus princípios em prol do casamento.

Eu ainda me encontrava surpresa quando meu pai apareceu mudando o clima da mesa, devotando sua atenção ao neto.

010

TIPO GANDALF NO TERCEIRO DIA

— A tia Eliany trouxe pudim? — perguntei para Natália, minha prima, enquanto organizávamos o local onde aconteceriam as brincadeiras com os noivos e a famosa premiação do Oscar familiar.

— Lógico! — Ela ergueu o corpo e colocou as mãos na cintura. Analisou se a cortina dourada estava alinhada. — Fez dez receitas.

— Meu pai disse que viria só por causa do pudim — comentei aliviada por minha tia ter cumprido com sua palavra de fazer a sobremesa.

Seria cansativo suportar meu pai reclamando no nosso ouvido se não comesse o famoso doce da tia Eliany, já que havia aberto mão de sua noite sossegada — bebendo, é claro — para ir à festa.

Natália riu, mas se deteve quando percebeu que um dos balões estava torto. Ela o ajeitou e depois moveu a cabeça, satisfeita.

— Acabamos! Melhor a gente ir se arrumar porque está quase na hora.

Juntamos os materiais que usamos para montar a decoração e dei uma última olhada para ver se estava tudo conforme o esperado. O chá de panela da minha prima aconteceria na casa dos meus avós maternos, como a maioria das festas familiares. Havia uma enorme varanda que se conectava ao jardim e à garagem, proporcionando o espaço ideal para juntar a grande família da minha mãe.

A casa estava cheia. Parentes de fora ocupavam todos os quartos, e a disputa por um lugar no banheiro era acirrada. Eu provavelmente me atrasaria ainda mais se não fosse a intervenção de uma das minhas tias, que me deixou passar na frente, justificando que, por fazer parte da turma da organização, eu não podia demorar.

Embora eu não fosse a pessoa mais animada do mundo para estar no meio de uma multidão de gente comemorando ao som de música alta, sempre gostei de planejar e organizar, o que me levou a aceitar a missão de ajudar minhas primas na decoração e na hora de servir as comidas.

Devido ao tempo escasso, desisti da ideia de fazer um penteado mais sofisticado e deixei os cachos soltos. A maquiagem também não pôde ser muito elaborada, mas combinou perfeitamente com meu *look* de calças jeans, tênis branco e uma blusa vermelha com os dizeres: "Tudo o que temos que decidir é o que fazer com o tempo que nos é dado".

Quando saí para a área onde seria a festa, o local já estava cheio de convidados. Os noivos estavam na porta, recebendo as pessoas e os presentes. Minha mãe me acenou da mesa onde permanecia sentada com meu pai e sinalizou que já havia entregado o meu. Aproveitei a oportunidade para abraçar minha prima Thallyta e o noivo Vinícius, parabenizando-os pela união que aconteceria em pouco mais de um mês.

Não consegui fugir da tarefa de cumprimentar as pessoas que eu encontrava no caminho até a cozinha, e isso significava ter que parar algumas vezes para trocar breves palavras com conhecidos e desconhecidos para não parecer grossa.

Vi minha tia Bárbara, mãe da noiva, aflita para preparar o *buffet*. Encontrei a deixa perfeita para correr em direção a ela.

— Posso ajudar, tia?

— Por favor, Gabi. A Thallyta cismou que tinha pouca comida e inventou de fazer patês com torradas e canapés de entrada.

Seu tio foi na rua atrás do que ela queria e chegou com um monte de sacolas. Preciso encontrar travessas para servir, mas sou interrompida o tempo todo por alguém me pedindo algo.

— Pode deixar que organizo isso.

— Obrigada, querida. — Aliviada, ela se retirou para buscar mais bebidas.

Na cozinha, eu e Natália realizamos a tarefa de organizar o pedido de última hora da noiva. Foi divertido, no meio do caos, com minha avó abrindo seus armários em busca de bandejas, enquanto eu e minha prima corríamos contra o tempo para preparar tudo.

Levamos as comidas para a grande mesa que funcionava como um *self-service*.

— Gabi, você pode servir um prato e levar pro seu avô? Ele está na mesa com o Tonhão.

— Claro, tia.

Atendi ao pedido dela e deixei o prato sobre a mesa do meu avô, que se destacava em meio aos convidados. Ele era muito alto e o apreço pela comida fez a barriga crescer além da conta. Com mobilidade reduzida devido a um problema de desgaste nos joelhos, ele aproveitava qualquer oportunidade para ser servido por todos. Contudo, ninguém realmente se importava, afinal, ele era a pessoa mais simpática do mundo. Para confirmar sua fama, ele me agradeceu e me inundou de elogios, destacando que eu era uma de suas netas mais bonitas e inteligentes, o que me deixou um pouco constrangida, pois falava com sinceridade na frente de outro convidado.

Querendo me livrar da situação, avisei que precisava voltar ao trabalho, mas dei um beijo em sua bochecha, como ele pediu. Ao me virar para sair de perto da mesa onde estava meu avô e seu amigo de longa data, trombei com a última pessoa que esperava encontrar naquela festa. Juro, parecia o Gandalf surgindo no topo da colina no terceiro dia… só que, em vez de cavalo branco, tinha um copo de refrigerante na mão. Para piorar, não consegui esconder a surpresa, principalmente quando, de sobrancelhas erguidas, perguntei:

— O que você tá fazendo aqui?

— Oi para você também, Gabi — ele abriu um sorriso. — Perdão se minha presença é indesejada.

A expressão de Bruno era divertida e relaxada, em sintonia com o estilo casual de suas roupas. A camiseta azul-marinho destacava o tom claro de seus olhos castanhos por trás da armação dos óculos. O copo de refrigerante indicava que estava desfrutando da comida da festa.

— Não é isso! — me apressei em responder. — É que... Hum...

— Você quer saber por que estou na festa da sua prima?

Embora eu realmente quisesse saber o que ele estava fazendo ali, queria mesmo era entender por que vê-lo de repente me deixou tão assustada. Talvez por eu ter passado o dia todo tentando ignorar o quanto havia achado agradável a companhia de um homem que havia acabado de conhecer durante a viagem, ou por estarmos no meio de uma festa de família.

— Na verdade, sim — respondi, grata por ele ter feito a pergunta por mim.

Ele deu de ombros e levou o copo até os lábios sem esconder o sorriso. Depois que tomou um gole, estendeu a mão em minha direção.

— Como vai, Gabi? Quanto tempo, não? É bom te reencontrar.

Olhei para a mão estendida e senti receio de tocá-lo. Mesmo sem compreender de onde vinha aquele sentimento estranho, o cumprimentei como manda o protocolo.

— Desculpa aparecer assim — ele falou quando eu trouxe minha mão de volta para a segurança da proximidade do meu corpo —, mas descobri que meu primo José é amigo do Vinícius. Então, ele me chamou pra vir com ele no chá.

— Que coincidência. — Forcei um sorriso, me sentindo uma tonta por estar tão desconcertada ao vê-lo.

— Verdade, foi uma baita coincidência.

Ajeitei o meu cabelo algumas vezes, colocando os cachos para trás da orelha.

— Você conseguiu descansar depois de uma noite em claro? — perguntei.

— Dormi a tarde toda.

— Que bom, eu também descansei bastante.

O silêncio que surgiu entre nós me deixou ainda mais perdida. Olhei para os lados e vi Natália organizando os presentes sozinha. Pensei ser uma boa oportunidade para fugir dali.

— Espero que você curta a festa, então. Minha família é grande e um pouco… — Parei tentando pensar que adjetivo dar para um grupo de pessoas que fala muito alto, gosta de brincar uns com os outros, conversa sem parar e tem uma penca de filhos. — Peculiar. Como toda família, eu acho.

— Não se preocupe, estou me sentindo em casa. Já conversei com seu primo Ailton, nos demos bem.

— Então eu vou ali — apontei com o dedão para trás — ajudar minha prima. A gente conversa depois.

— Claro. — Ele ergueu o copo e saiu na direção contrária.

Passei os minutos seguintes me esforçando ao máximo para ajudar em tudo o que podia. E, ainda que eu tentasse ignorar Bruno interagindo com a minha família, era impossível. Ele parecia preencher o ambiente, conquistando todos com quem conversava. Desde os mais velhos até as crianças. Aliás, em especial as crianças. Em pouco tempo, uma meia dúzia delas já estava reunida ao seu redor, cativadas por algo que ele dizia.

Eu não queria que ele percebesse que eu estava o observando, por isso, evitava ao máximo olhar na direção dele. Para piorar a situação, uma tia se aproximou para comentar comigo que meu amigo era muito simpático — e eu sequer sabia de onde ela tinha tirado a informação de que éramos amigos.

Ele conseguiu, em menos de uma hora de festa, conversar com mais parentes meus do que eu mesma. Isso era, de alguma forma, assustador.

Quando minha tia me dispensou, dizendo que tudo estava sob controle, que todos estavam bem servidos e eu também merecia me divertir, fiquei em dúvida: deveria encontrar uma mesa e me sentar — talvez com meus pais — ou sair de fininho para algum lugar seguro?

Acabei não ficando com nenhuma das duas opções, já que o Bruno me viu inerte e se aproximou com um copo de refrigerante e um prato de salgados na mão.

— Você não parou um minuto sequer. — Ele estendeu o copo e os salgados. — Não vi você comendo nada também.

— Eu tenho uma babá e não sabia? — Tentei brincar, mas suspeitei que meu tom de voz havia soado sério demais. Abri o maior sorriso que consegui e me servi de uma coxinha. — Obrigada!

Ele me entregou o copo e equilibrou o prato em cima da balaustrada que fazia a divisão entre a varanda e o jardim.

— Você não estava mentindo quando disse que atrai as crianças, hein? — falei.

— Você viu? — Ele ergueu as mãos com as palmas para cima e elevou os ombros de leve.

— O que você estava fazendo que elas te ouviam com tanta atenção? — Peguei mais um salgadinho no prato.

— Pelo visto não é apenas você que tem uma babá e não sabia.

O comentário dele quase me fez engasgar com o salgadinho. Comecei a tossir e senti meu rosto esquentando ao me entregar com tanta facilidade.

— Certo, você me pegou. — Assumi ao ver o sorriso provocativo dele. — Mas a questão é que fiquei intrigada com sua facilidade em se dar bem com todo mundo, mesmo sendo um ambiente novo e desconhecido. Você parece um político.

Ele me encarou, escorou as costas na balaustrada e cruzou os braços em frente ao peito.

— Você tá intrigada por eu ter facilidade de me socializar e você não?

— Meu segredo foi descoberto — comentei com um pouco de drama. — Eu te disse que não sou boa em conversar.

— Na verdade, eu achei você muito boa de conversa depois que resolveu se abrir comigo.

Inclinei a cabeça para o lado e alisei a testa com os dedos.

— Certo, eu não sou boa em me abrir. Não sei fazer isso. — Ergui o dedo indicador. — Você foi bem persistente e conseguiu arrancar muitas coisas de mim. Não costumo conversar com estranhos assim.

Ele se manteve parado, com os braços ainda cruzados, apenas me encarando.

— O que foi? — perguntei me divertindo com a expressão dele.

— Doeu? — ele devolveu a pergunta.

— O quê?

— Doeu tanto assim se abrir com um estranho? — Ele soltou os braços e apoiou um cotovelo na balaustrada. — Digo, as consequências foram ruins?

— Claro que não! Eu te disse que a viagem foi muito agradável.

— Você se arrependeu de ter dado uma chance de me conhecer?

Abri a boca, mas resolvi não responder. Aonde ele queria chegar?

— Não estou entendendo o motivo do interrogatório.

— Desculpa, eu não queria que soasse assim. Eu só queria levar você a pensar se é realmente ruim se abrir, sabe?

Fiz uma careta, mas ele manteve a expressão calma.

— Quando a gente se fecha demais, acaba perdendo as coisas boas que a vida e as pessoas podem nos oferecer. Às vezes, é preciso dar uma chance pros outros, mesmo com medo. Não é sobre se jogar de cabeça, e sim dar pequenos passos, se permitindo conhecer novas pessoas, viver novas experiências.

— Você está falando igualzinho aos meus amigos! — exclamei espantada ao ouvir ele fazendo o mesmo discurso que Paulo e Aline.

— Acho que você é mais transparente do que pensa, dona Gabi.

— Como assim?

— Você se fecha para tentar esconder algo, mas acaba revelando com sua atitude que, no fundo, você tem medo de se relacionar.

As palavras me atingiram em cheio. Não que eu já não tivesse deixado claro minhas dificuldades sociais, mas ouvir aquilo da boca de alguém que mal me conhecia doeu mais do que eu gostaria de admitir.

— Você virou psicólogo agora? — disparei, sem esconder o incômodo evidente no meu rosto e tom de voz.

— Ei! — Ele ergueu as duas mãos para o alto e endireitou o corpo. — Não queria passar dos limites. Me desculpa, minha intenção não era te irritar.

— Eu não estou irritada! — falei só para provar que estava, sim.

Bruno sorriu.

— Tem certeza?

— Absoluta!

— Tudo bem.

Desviei o olhar para o copo em minha mão e, sem pressa, dei um gole na bebida, fingindo não notar o sorrisinho presunçoso que ele exibia, como se estivesse esperando que eu admitisse minha irritação. Eu não daria a ele o gostinho de me ver assumindo que estava certo. Respirei fundo e mantive os olhos fixos no copo, bastante interessada no espetáculo das bolhas subindo à superfície do refrigerante.

— Mas, voltando à nossa conversa anterior — ele disse, por fim, ignorando minha chateação —, eu estava contando para as crianças o caso do dia em que quase perdi um dedo fazendo arte com minha esmerilhadeira.

Eu poderia responder algo sobre não ter visto a foto dessa situação no Instagram dele, ou pedido para me contar o caso, mas eu estava remoendo o que ele tinha falado antes, por isso, resolvi me esconder outra vez atrás do copo de refrigerante. Teria sido uma boa ideia, se uma criança afobada, que corria em disparada na companhia de outras duas, não tivesse trombado em mim. Me desequilibrei e fui empurrada em direção ao Bruno.

Eu e meu copo de refrigerante.

011

A VOLTA DO QUE NÃO FOI

A trombada, a queda inevitável e eu despencando direto sobre Bruno com meu copo de refrigerante: a cena perfeita para uma comédia romântica. Contudo, constatei que na vida real essas cenas não são tão agradáveis e divertidas como parecem ser nos filmes e livros.

Me afastei assim que consegui o equilíbrio de volta, sendo ajudada pela mão dele, que me segurou de um jeito meio desengonçado para evitar minha queda. Teria sido mais trágico se não estivéssemos perto da balaustrada, que sustentou seu corpo e, por consequência, o meu. Foi só então que percebi sua camisa ensopada e meu braço molhado. Pisquei, paralisada, sentindo o rosto esquentar de vergonha.

Bruno também ficou imóvel por um segundo, como se estivesse processando o que tinha acabado de acontecer. Então, ele olhou para a própria camisa encharcada e depois para mim.

— Olha, se você queria um jeito de se vingar por eu ter te irritado, acho que funcionou — ele brincou, arqueando uma sobrancelha.

Tentei formular uma resposta, mas tudo o que saiu foi um riso nervoso e meio desesperado.

Com os dedos, Bruno puxou a camisa para afastá-la da pele. Do tecido escorria o líquido amarelado que pingava no chão.

— Desculpa! Desculpa! — pedi e cobri a boca com os dedos. — Você está encharcado!

Ele abriu um sorriso espontâneo e iluminado.

— Acho que deu pra todo mundo perceber.

Para meu espanto, ele não demonstrou chateação com o ocorrido, pelo contrário. Parecia estar se divertindo, ainda que seu estado fosse lamentável.

Minha tia, que presenciou toda a cena de longe, se aproximou apressada com um pano de prato. Ela orientou que ele se secasse um pouco.

— Eu falei com o Enzo que aqui não era lugar de correr, mas ele e os meninos não conseguem parar quietos — tia Bárbara falou num tom de reprovação.

— São crianças — Bruno a tranquilizou sorrindo —, é natural que achem a festa chata e prefiram correr pra lá e pra cá.

— Você fala isso porque era bagunceiro também, né? — perguntei e me arrependi logo em seguida, principalmente quando ele sorriu ainda mais.

— Contra fatos não há argumentos — ele disse e secou a camisa como podia.

— Gabi, leve ele até o banheiro lá de dentro para se limpar. Vou chamar sua avó pra ver como resolver esse problema. — Ela apontou para Bruno, que conferiu mais uma vez o estado de suas roupas.

Conduzi Bruno até o banheiro social. O local se encontrava em desordem e concluí que o último a tomar banho não era uma pessoa organizada e preocupada com o próximo. Um pouco mais envergonhada com o estado do local, sugeri que ele aguardasse minha avó porque eu pediria uma toalha para tentar amenizar o problema.

— Você não quer lavar seu braço antes? — Bruno deu um passo para o lado sugerindo que eu passasse por ele em direção à pia.

— Seria ótimo.

Meu braço estava grudando e eu imaginei o quão desconfortável ele estava com a barriga toda molhada. Minha tia chegou com minha avó enquanto eu lavava o braço. Bruno, que se encontrava na porta, abriu um sorriso muito gentil quando vovó entregou uma toalha de rosto e uma camisa do meu avô.

— Não tinha toalha de banho disponível, minhas visitas usaram todas. — Ela avaliou Bruno de cima a baixo. — E suspeito que a camisa possa não servir.

— Não se preocupem, está ótimo! Vou me virar aqui.

— Qualquer coisa só chamar. — Minha tia colocou a mão no meu ombro e eu entendi que a responsabilidade de cuidar do convidado foi passada para mim.

Bruno pediu licença e fechou a porta do banheiro. Vovó resmungou sobre a consequência do mau comportamento das crianças e voltou para a festa junto com minha tia. Eu me sentei em uma das cadeiras da mesa de jantar que ficava de frente para a porta do banheiro. Entrelacei os tornozelos nos pés da cadeira e aguardei.

Enquanto esperava, não conseguia parar de pensar como ele devia estar desconfortável, provavelmente querendo fugir dali o quanto antes. Se fosse comigo, já teria sumido pela porta dos fundos. E pensar nisso me causou uma pontada de... incômodo?

Talvez fosse só preocupação. Ou culpa por ter derrubado o refrigerante nele. Sim. Era isso.

A porta do banheiro se abriu e foi impossível manter a compostura diante da cena à minha frente. Levei a mão até a boca para tentar segurar a risada, o que se mostrou inútil. Quando os ombros de Bruno começaram a sacudir devido à gargalhada, eu o acompanhei.

Meu avô deveria ter o dobro do tamanho do Bruno — para os lados —, por isso a camisa se tornou um vestido. Para piorar, era a camisa de comemoração dos oitenta anos do patriarca, e isso significava uma estampa desbotada com o rosto do meu avô.

— Seu avô parece um homem muito bacana — Bruno declarou quando conseguiu se acalmar. Ele analisou a expressão alegre do homem estampado na camisa. — Acho que me tornei fã dele.

— Você não conversou com ele? Pensei que já tivesse conhecido toda a minha família.

— Não tive esse prazer ainda. Bem, você pode nos apresentar. Espero que não se importe de eu ter tomado emprestado a roupa dele.

Fiquei quieta por um momento, abismada ao me dar conta de que ele pretendia retornar para a festa. E não só retornar, mas vestido *daquele* modo. Bruno torceu uma última vez a camisa dele na pia e se voltou para mim. Ele saiu do banheiro, parou na porta, inclinou a cabeça para o lado e sorriu.

— O que foi?

Pisquei algumas vezes e me levantei, desajeitada.

— É só que… Você vai ficar assim mesmo? Quero dizer, eu posso ver se consigo algo melhor. Eu tenho uma camisa, talvez dê certo.

— Você está me sugerindo trocar a camisa larga do seu avô por uma sua? — Ele fechou a mão em frente a boca. — Talvez, se ela for rosa, eu possa pensar na sugestão. Vai ficar uma gracinha coladinha no meu corpo.

Cruzei os braços em frente ao peito e ergui a cabeça de leve.

— Para sua informação, rosa não é minha cor preferida. E eu curto usar camisas *oversized*. Nada de camisetas coladinhas no corpo.

— A proposta é tentadora, mas acho que não vou fazer desfeita pra sua avó. Gostei do modelito. — Apontou para a camisa larga e deu alguns passos em minha direção.

— Você quem sabe. — Soltei os braços e o direcionei para os fundos. — A lavanderia é ali. Podemos pendurar sua blusa no varal.

Ele concordou e assim fizemos. Depois de estender a camiseta dele, voltamos pelo mesmo caminho.

— Vou te apresentar para meu avô. Ele vai gostar de você — falei. — Vem comigo.

Bruno se mostrou satisfeito com a sugestão e nem um pouco constrangido com os olhares que recebia. Na verdade, ele estava se divertindo.

— Vovô, quero te apresentar o Bruno — apontei para o homem em questão, que pareceu estufar o peito para aparecer melhor a foto do meu avô —, ele é meu...

Ele é o que mesmo meu?

— Sou amigo da Gabi — Bruno completou e estendeu a mão em direção ao meu avô, que estava curioso quando o cumprimentou. — Sua esposa me emprestou uma camiseta do senhor, pois tive um pequeno acidente com as crianças.

— Vestiu muito bem em você — vovô brincou.

Bruno passou as mãos ao lado do corpo, se exibindo.

— Olha, me tornei seu fã! Se não se importa, gostaria de tirar uma foto para guardar esse momento.

— Vem, rapaz, senta aqui. — Meu avô ajeitou a cadeira de plástico que estava ao seu lado, indicando o lugar que Bruno deveria tomar.

Ele tirou o celular do bolso, me entregou e piscou com um olho só.

— Enquadra nós dois — Bruno pediu ao se sentar.

Posicionei o celular para captar o ângulo e sorri ao ver Bruno estufando outra vez o peito enquanto meu avô o abraçava e, com uma das mãos, apontava para a blusa. Capturei o momento e fui conferir o resultado. A foto perfeita para as redes sociais singulares de Bruno. O sorriso dele me chamou atenção de novo e só me dei conta de que estava observando demais a imagem quando o celular vibrou e a notificação de uma mensagem apareceu na tela, que li sem querer.

Chiquim
Tive pensando naquilo que conversamos... Me liga quando der.

Sentindo o rosto começar a corar, devolvi o aparelho para o dono e quis sair correndo dali. Porém, vovô segurou meu braço com delicadeza e passou a conversar com Bruno, começando com o famoso "você é filho de quem?". Depois que Bruno contou quem era seu parente em Inhapim, os dois passaram a ter uma conversa animada.

Percebi mais uma vez a facilidade de Bruno em interagir com as pessoas. Ele conduziu a conversa para Deus e a Palavra, e, ao perceber que falava com um cristão, meu avô se animou ainda mais. Nesse momento, José, primo de Bruno, se aproximou. Ele o procurava e acabou ouvindo a divertida história de como eu o fiz trocar de roupa. Decidiu, então, se juntar à roda de conversa.

— Senta, minha filha — vovô falou e apontou para a cadeira vazia ao lado do meu "amigo".

Olhei para Bruno e os cantos de sua boca ergueram de leve. Seu olhar dizia algo que não consegui decifrar. Sem responder, assenti e dei a volta, tomando o lugar indicado. Minha tia aproveitou para nos servir com comidas e bebidas, e todo mundo na mesa brincou para eu tomar cuidado com meu copo.

Fiquei em silêncio, observando a conversa entre eles, que percorreu uma variedade de assuntos. Meu avô, apaixonado por contar histórias, encontrou nos novos companheiros ouvintes atentos. Em determinado momento, José e vovô descobriram um conhecido em comum, alguém por quem ambos tinham grande estima, e começaram a falar sobre ele. Foi então, pela primeira vez desde que nos sentamos, que Bruno se voltou para mim.

— A propósito, gostei da sua camisa.

Mesmo tendo o conhecido há tão pouco tempo, já estava acostumada com a mania de Bruno de trazer assuntos aleatórios do nada. Abri um sorriso e estiquei o tecido para ele ler melhor a frase.

— "Tudo o que temos de decidir é o que fazer com o tempo que nos é dado." Uau! Muito profundo.

— É uma frase do Gandalf — falei e notei suas sobrancelhas franzidas. — De *O Senhor dos Anéis*. Tolkien. Sabe? O livro. Não conhece?

— Ah! Claro! Conheço o filme. Na verdade, já ouvi falar. Soube que são mais de nove horas para assistir tudo.

Me inclinei um pouco para frente e um sorriso, embora discreto, se formou no meu rosto.

— Sim, se você não estiver falando da versão estendida e não contar com os três filmes de *O Hobbit*. Aí pode colocar na conta quase vinte e uma horas para maratonar a série completa.

— Caramba! E você assistiu tudo?

— Várias vezes — respondi, orgulhosa. — E li os livros. Não importa quantas vezes eu leia a série ou reassista os filmes, *O Senhor dos Anéis* sempre me surpreende. A riqueza do mundo criado por Tolkien é algo sem igual. Cada detalhe da Terra-média, desde as canções élficas até as línguas inventadas, mostra o nível absurdo de dedicação do autor. A forma como Tolkien construiu a jornada de Frodo e do Sam, a grandiosidade de Aragorn, a complexidade de Gollum... tudo é impecável. Não é apenas sobre uma jornada heroica, mas uma mensagem profunda sobre amizade, sacrifício e esperança.

O tom da minha voz era animado e eu gesticulava enquanto falava. Era impossível conter a empolgação quando o assunto era a saga. Bruno cruzou os braços em frente ao peito e moveu a cabeça de leve.

— Desculpa! Estou aqui falando sem parar e você não deve estar entendendo nada.

— Não se preocupe. Eu aluguei seus ouvidos falando sobre meu trabalho, sua vez de fazer o mesmo comigo. — Ele ergueu a palma da mão direita. — Continue, eu gosto de te ouvir.

Não soube como continuar depois do comentário dele. O fato de ele deixar claro que gostava da minha companhia era estranho para mim. Normalmente, só ouvia esse tipo de coisa de pessoas muito próximas — aquelas com quem eu não precisava me preocupar em como interagir e digerir comentários que soavam afetuosos.

— Não se preocupe, não vou render mais esse assunto — respondi. — Você tem algum filme ou livro de ficção que gosta muito?

— Olha! — Ele exagerou na expressão de espanto. — Você está puxando assunto comigo? Que avanço!

Inclinei a cabeça e soltei um suspiro antes de rir.

— Acho que o último livro de ficção que eu li foi na escola — ele contou —, quando fui obrigado. Mesmo assim nem lembro se terminei ele. Eu leio pouco, confesso, e, quando leio, opto por livros de teologia ou vida cristã.

Segurei a língua e mantive meu julgamento em silêncio. Como uma pessoa poderia viver sem ler?

— Imagino que você deva estar pensando mal de mim agora, né? Será que vai piorar se eu contar que não sou muito de assistir filmes? E que tenho pavor de séries? Aquele monte de episódios que nunca acabam. Me dá muita preguiça.

— Não posso negar, eu realmente achei estranho. O que você faz pra passar o tempo?

Ele tocou o queixo e desviou o olhar por um instante.

— Gosto de praticar esportes. Amo correr, caminhar. Se pudesse, me dedicaria muito mais a isso. Quando eu era criança, queria ser jogador de futebol.

— E você era bom?

— Que nada! Nunca joguei bem, me distraía muito fácil e perdia as jogadas. Era sempre o último a ser escolhido na educação física.

— Coitado.

— Nem tanto! Eu aproveitava o horário para gastar toda a minha energia. Acho que foi ali que passei a gostar de correr. Me sinto mais leve depois de descarregar o estresse.

— Não compartilhamos do mesmo interesse. Sou sedentária, admito. Há tempos ensaio começar alguma atividade física, mas nada me atrai a ponto de me tirar da minha zona de conforto. No fim, sempre prefiro ficar deitada em meu tempo livre, lendo um bom livro.

— O que faz sentido, levando em conta seu jeito mais retraído.

Assenti e sorri.

— Esportes também combinam com você, se levarmos em conta seu jeito animado.

Bruno abriu um sorriso largo. Ele não chegou a me responder, já que anunciaram que as brincadeiras com os noivos se iniciariam naquele momento. Como eu tinha me prontificado a ajudar na tarefa, pedi licença e me levantei.

Fui até onde algumas das minhas primas se reuniram. Seriam três brincadeiras ao todo e eu havia ficado com a função de bolar algumas prendas para quando os noivos errassem as perguntas que seriam feitas a eles.

Eu estava concentrada, no meu canto, quando Vitória, uma das minhas primas solteiras, se posicionou ao meu lado.

— Ei, Gabi, me conta uma coisa. Aquele seu amigo ali — ela usou a cabeça para apontar em direção à mesa do meu avô, onde Bruno e José ainda estavam —, o de óculos, ele é solteiro? Crente de verdade?

A pergunta me gerou um pouco de incômodo. Eu sabia que Vitória estava doida para se casar e, por mais que tentasse, todas as conversas que ela teve com rapazes haviam dado errado. Ela se frustrava, reclamando que não encontrava cristãos de verdade, que tivessem seu coração no Senhor antes de tudo.

— Até onde eu sei, sim — respondi, odiando ter que falar daquele assunto.

— Me conta mais dele — ela pediu com interesse visível. — Não sei quem comentou que ele ficou um tempão falando sobre glorificar o Senhor. Acho que foi a tia Mariana.

Um grito seguido de gargalhadas — e mais gritos depois — interrompeu nossa conversa. O noivo tinha errado uma das perguntas e, como castigo, precisaria fazer algumas flexões.

Enquanto observávamos ele se esforçando em meio à contagem dos convidados, ponderei sobre a pergunta da Vitória. Fazia sentido ela se interessar por Bruno, já que ele aparentava viver o que professava e tinha se destacado na festa, cativando todos.

Olhei para ela e pensei até que combinavam. Vitória era ativa, amava fazer caminhada e eu a admirava como pessoa. Também era bonita e não escondia o desejo de formar uma família, assim como ele. O estranho é que pensar nisso não me despertou nenhuma vontade de juntar os dois.

Para meu alívio, a presença dela foi solicitada por alguém e eu fiquei sozinha o resto do tempo, tentando manter minha concentração no casal se divertindo e pagando mico. Uma e outra vez, encontrei o olhar de Bruno, que sorria sempre, além de participar ativamente como se fosse amigo dos noivos.

As coisas permaneceram tranquilas até o momento final. A hora da premiação do nosso Oscar familiar, tradição em todas as nossas festas.

Como não era surpresa de ninguém, fiquei entre os finalistas da categoria "Quem se divertiu menos na festa". Para minha sorte, daquela vez eu não ganhei, talvez devido à pouca interação que tive com Bruno e nosso acidente, que chamou a atenção de todos. Meu tio que odiava festas foi premiado no meu lugar.

Mas a grande surpresa do dia foi o vencedor da categoria "A pessoa mais divertida". Não que Bruno não merecesse, mas não era comum que pessoas de fora do âmbito familiar participassem da nossa premiação.

Bruno recebeu a estatueta de plástico ao som de palmas e assovios. Ele fez uma reverência e agradeceu a todos. Não fez discurso, mas brincou destacando a camisa que vestia, arrancando muitas risadas dos convidados.

— Olha lá, quem diria que um amigo da Gabi "Alegria? Nunca nem vi" ganharia o Oscar de mais divertido — Natália comentou. — Mas mereceu, ele é muito simpático.

— Há! Há! Há! Engraçadinha!

— O Bruno ganhou o Oscar? — minha tia chegou da cozinha, atrasada. — Ele nem é da família.

— Não seja por isso — Vitória comentou baixinho para mim num tom divertido —, eu posso mudar essa situação com o maior prazer.

012

ISSO JÁ ESTÁ ME CHEIRANDO A PERSEGUIÇÃO

Eu já tinha me desacostumado com os domingos na casa dos meus pais. Ceci, Mário e Davi chegaram cedo para o café da manhã e ficaram até o fim da tarde. Fui coagida por todos a não sair e acabei não indo para a igreja pela manhã, o que aceitei, mesmo me sentindo culpada.

Mamãe preparou uma refeição completa: seu feijão-tropeiro especial acompanhado de arroz, couve e salada de folhas e frutas. Ela era uma cozinheira de mão-cheia, e eu sentia muita falta da comida dela. Aliás, eu sentia muita falta de comida de verdade, dessas que tem gosto de casa preparada para a família.

Eu raramente cozinhava, não porque não sabia — mamãe fez questão de que eu e minha irmã aprendêssemos ao menos o básico —, mas porque tinha preguiça de preparar pequenas porções apenas para mim. Terminava sempre fazendo um lanche ou me rendendo à macarronada, já que era impossível pedir comida todo dia, não cabia no meu orçamento. Na verdade, eu já não aguentava mais comer macarrão, e apreciar a comida da minha mãe foi como achar um oásis no meio do deserto.

Claro que evitei demonstrar o quanto estava me deliciando, para não despertar preocupações desnecessárias em minha mãe. Ela certamente perguntaria se eu estava me alimentando direito, e eu temia que resolvesse intervir, ligando para meus tios para pedir que ficassem de olho em mim. Isso, é claro, estava fora de questão. Eu não era mais uma criança que precisava desse tipo de supervisão e, conhecendo meus tios, acabaria sendo obrigada a almoçar com eles todos os dias, e não apenas aos sábados, como era nosso costume.

E tudo correu bem até o fim da tarde, quando meu pai resolveu que era hora de beber e minha irmã me avisou que não poderia me acompanhar na igreja. Estávamos reunidos na varanda, aproveitando a brisa fresca do final do verão.

— É por causa do Davi? — perguntei para Ceci, concluindo que o motivo deveria ser o cansaço do meu sobrinho, que brincava com a avó um pouco à nossa frente. — Eu disse que te ajudo a olhar ele.

— Ele chora muito quando está cansado — ela respondeu tentando manter a expressão neutra. — E ele não vai aceitar seu colo. Nessas horas ele só quer eu ou o pai.

— Não dá para deixar ele em casa com o Mário? Você me disse que ele fica com o Davi para você fazer suas coisas.

Ceci olhou de relance para onde o marido estava sentado, do outro lado da varanda, conversando com meu pai, que àquela altura já estava falando alto. Minha irmã balançou a cabeça em negativa.

— É complicado, Gabi.

Cruzei os braços e encarei ela no fundo dos olhos.

— Ele te proíbe?

— Não! — ela afirmou com convicção. — Não, ele não proíbe. Até acha que certo nível de religiosidade é bom para as pessoas, porque é uma ferramenta de equilíbrio emocional e moral. E ele crê em Deus, do jeito dele, mas crê.

Eu não precisei dizer nada, apenas meu olhar foi suficiente para ela entender o recado. Ceci não conseguiu me encarar por muito tempo. Esfregou as mãos e suspirou.

— Eu fiz minha escolha, Gabi. Eu me iludi que ele mudaria? Sim, me iludi. Mas ao menos ele é um homem maravilhoso, honesto, gentil, que cuida de mim e do nosso filho dando tudo de si. Eu não posso reclamar em relação a isso.

O tom de voz que ela usou me desarmou. Soltei meus braços e concordei com a cabeça.

— Sim, ele é uma boa pessoa. E sei que as coisas são complicadas, mas você sabe a importância de ir à igreja. Não é porque o seu marido não vai que...

— Eu sei! Claro que eu sei! Só que é muito difícil ir sozinha do que eu achava que seria. — Ela abaixou o tom de voz. — Sei lá, sinto que minha família está incompleta quando vou apenas com o Davi. Eu pensei que seria tranquilo, mas é muito estranho quando perguntam como o Mário está. E sei que não fazem isso por mal, mas me sinto... diferente. Não sou mais a mesma jovem que todo mundo conhecia.

Ela juntou os cabelos com as mãos e enrolou os fios em um nó atrás da cabeça.

— Eu tenho orado e pedido a Deus para mudar essa situação. É o que consigo fazer no momento. — Antes que eu pudesse dizer mais alguma coisa, ela ergueu o olhar e manteve a expressão firme. — E não é tão ruim quanto você acha, eu tenho conseguido levar isso de um jeito bom.

Claro! Porque renunciar os próprios princípios não deveria ser tão ruim assim! — era o que eu gostaria de responder, mas me contive. Eu sabia que Cecília estava sofrendo, mesmo que não demonstrasse. Também sabia que ela amava o marido e por isso tentava enganar a si mesma para poder aceitar as consequências de se casar com alguém que não professava a mesma fé. Da mesma forma, se apoiava em suas dificuldades para fugir do compromisso de ir à igreja e ensinar o filho nos Caminhos do Senhor.

Contudo, aquele não seria o momento propício para conversar mais a fundo sobre o tema. Por isso, mudei de assunto e passamos o restante do tempo antes de ela ir embora conversando sobre minha rotina em Belo Horizonte.

É claro que meu pai não estava em condições de me levar para a igreja, embora ele afirmasse que sim, por isso, resolvi sair caminhando, apressada. Não era tão longe e eu já tinha feito aquele percurso diversas vezes desde a minha adolescência, embora a maioria das vezes acompanhada da minha irmã e tantas outras da minha mãe.

Lembrar da situação das duas fez algo apertar em meu peito. E, sem ser convidado, Bruno, a pessoa que eu tentei manter longe da minha mente o dia todo, invadiu meus pensamentos. Antes que percebesse, já estava analisando seu caráter e piedade, julgando suas ações e falas, em busca de algum defeito que revelasse um lobo na pele de cordeiro. Mas apenas o brilho de seu sorriso fácil insistia em permanecer.

Desviei os pensamentos para Vitória e seu interesse explícito em Bruno. Ela me pediu para apresentá-la a ele na festa, mas fui salva pelo gongo quando meu pai resolveu ir embora e me deu cinco minutos para pegar minhas coisas e ir para o carro. Deu tempo apenas de dar um abraço nos meus avós, nos noivos e um tchau de longe para as pessoas, inclusive para Bruno.

Mas Vitória não desistiu e me mandou uma mensagem ainda naquela noite, pedindo o contato dele. Aleguei que não passaria sem autorização, embora depois tenha achado a ideia meio imbecil, já que as redes sociais das pessoas estão aí para serem encontradas. Como consequência, fui incumbida de perguntar se ele autorizava, o que era mil vezes pior do que simplesmente mandar um link.

Bem, isso seria um problema para a Gabi do dia seguinte. Eu pensaria em uma forma de cumprir com minha palavra de modo natural. Talvez nem fosse tão ruim assim, já que Bruno e Vitória queriam se casar. Talvez fosse eu a pessoa que faria a ponte entre eles, mesmo me sentindo um tanto incomodada.

Chegar à igreja foi um alívio. O culto já havia começado, então apressei o passo em busca de um lugar para me sentar. O banco onde eu costumava ficar no passado estava ocupado, obrigando-me a procurar um assento nas fileiras de trás. Já acomodada, lancei um olhar ao redor, reconhecendo alguns rostos familiares e outros desconhecidos. Minha última visita ali fora durante as festas de fim de ano, e percebi que algumas coisas haviam mudado. Entre as novidades, a que mais despertava minha curiosidade era o novo pastor.

Recebi alguns sorrisos discretos das pessoas que me reconheceram. Fechei os olhos e acompanhei a oração. A diferença com minha igreja em Belo Horizonte era visível, a começar pelo número de membros e tamanho do prédio. Além, é claro, da quantidade de crianças, já que minha nova igreja era composta por famílias com muitos filhos. Eu era uma das poucas jovens solteiras a frequentar o local, isso porque fui acolhida por Dulci e Paulo, senão me sentiria ainda mais deslocada por lá.

O novo pastor era jovem, recém-formado no seminário. Por um lado, isso poderia ser uma vantagem, desde que sua determinação fosse forte. No entanto, ele teria um grande desafio pela frente. A igreja vivia uma espécie de guerra fria entre duas das famílias mais antigas, cujas desavenças acabavam afetando a todos ao redor. Ele teria muito trabalho.

A pregação foi bíblica, como eu esperava que fosse. Eu gostei muito, na verdade. Era um ponto positivo para eu argumentar com a Cecília. Talvez até mesmo aconselhá-la a pedir um acompanhamento pastoral. Poderia dar certo e ela se sentiria mais incentivada a ir aos cultos. Não era certo que ela continuasse afastada e eu faria o possível para ajudá-la a mudar essa situação.

Após a benção final, me preparei internamente para ser o centro das atenções e atender as pessoas que se aproximariam para conversar comigo, inclusive o pastor. Dificilmente eu passaria despercebida sendo uma "visitante". Demorei um pouco mais de tempo sentada, organizando papéis invisíveis na minha Bíblia. Não podendo mais adiar, me levantei e girei o corpo, ficando de frente com…

— Bruno?

— Boa noite, Gabi — ele respondeu e abriu um grande sorriso. Estendeu a mão para me cumprimentar e fiquei surpresa por ver que ele estava atrás de mim o tempo todo e eu não tinha notado. — Antes que pergunte o que estou fazendo aqui, vim cultuar ao Senhor, como você.

Me rendi à brincadeira dele e sorri.

— Faz sentido — respondi e segurei a sua mão por poucos segundos. — Mas acho que você está me perseguindo.

— Ou o universo está conspirando a favor dos nossos encontros. Ou ainda Inhapim é tão pequena que a chance de a gente se esbarrar por aí é grande.

Nesse momento fomos interrompidos por Lúcia, uma das mulheres que me acolheu e direcionou quando eu era mais jovem. Ela me abraçou, como sempre fazia quando me via, e apertou minhas bochechas.

— Cada dia mais bonita — falou depois de fazer as perguntas básicas de como eu estava, que dia cheguei e quanto tempo ficaria. — Me conta, tá solteira ainda? Ou já arrumou um rapaz esperto que viu o quanto você é preciosa, menina?

Senti as bochechas queimarem, ainda mais porque eu tinha a plena certeza de que Bruno acompanhava nosso diálogo, já que permanecia parado no mesmo lugar.

— Ainda não encontrei esse rapaz, Lúcia. Sem pressão, por favor.

— Tudo bem, sem pressão! — Ela segurou minha mão e sorriu. — Mas você está fazendo sua parte? Não está afastando os rapazes com a expressão dura, né?

Com o canto dos olhos pude ver Bruno levar a mão fechada até a boca e apoiar o cotovelo na outra. Ele estava rindo, claro.

Será que o universo — ou o Senhor — está mesmo conspirando a meu favor, querendo me mostrar que eu espanto os rapazes?

Para meu alívio, o pastor se aproximou. Lúcia fez as honras e me apresentou.

— Gabi era daqui, mas se mudou para Belo Horizonte. Ela vem sempre que visita os pais.

— Que maravilha! Será sempre bem-vinda! — Ele me cumprimentou. Então, se voltou para Bruno. — Vocês estão juntos?

— Mais ou menos. Já nos conhecemos, mas nos encontramos sem querer hoje. — Bruno sorriu e cumprimentou o pastor com um aperto de mão. — Sou o Bruno, moro em Ipatinga, estou na cidade fazendo um trabalho para meu tio.

O pastor fez aquelas típicas perguntas de pastor. Quis saber se ele frequentava alguma igreja e, depois de ouvir a resposta, comentou que conhecia o pastor do Bruno e entraram numa rápida conversa sobre assuntos eclesiásticos. Lúcia pediu licença e nos deixou para conversar com outra mulher da igreja. E eu fiquei lá, ouvindo a conversa dos dois.

— Fico feliz com a presença de vocês! Querendo vir mais vezes, serão sempre bem recebidos aqui — o pastor disse ao se despedir.

— Obrigada, pastor — respondi.

Um lanche foi servido ao final do culto e Bruno me convidou a ir pegar alguma coisa para a gente beliscar. Nos servimos de café e bolo e ele ficou do meu lado, como se fosse meu acompanhante enquanto várias pessoas vinham nos cumprimentar, a maioria conhecida minha.

Eu já estava doida para sair correndo dali, por isso, assim que acabei de tomar meu café, virei-me para ele.

— Tá ficando tarde, melhor eu ir.

— Você veio de carro?

— Não, ainda não tenho carteira. E, mesmo se tivesse, meu pai não me emprestaria o carro dele de jeito nenhum.

— Ele vem te buscar? Ou você vai de carona com alguém?

— Eu vou andando mesmo.

Nós dois saímos para a rua.

— Posso te acompanhar até sua casa? — ele perguntou.

— Não precisa, de verdade. Não quero incomodar.

— Sou um cavalheiro, não deixaria uma moça andando pelas ruas sozinha essa hora da noite. Além do mais, não é incômodo nenhum.

013

ARRUMADA, MAS NÃO INVÁLIDA

Desde que me mudei para a capital, desenvolvi uma insegurança típica de quem vive em grandes centros urbanos. Por isso, mesmo estando em uma cidade do interior, tão diferente de Belo Horizonte, senti alívio por não precisar percorrer as ruas escuras e vazias de Inhapim sozinha.

Nos primeiros dois minutos, eu e Bruno caminhamos em silêncio. Ele parecia estar preso em seus pensamentos e até cogitei que ficaria assim por todo o trajeto, mas me enganei. Como sempre, ele quem puxou o assunto.

— Você sabia que as tartarugas não botam ovos no inverno? — ele perguntou, animado.

— O quê?

— As tartarugas. Elas só desovam no verão, que é quando a areia está mais quente.

— Ah… legal.

— E sabia que os gorilas estão entre os melhores pais do reino animal?

Parei de andar e o encarei. Os lábios deles tremeram antes de ele abrir um sorriso contagiante.

— O que foi? — Ele ajustou os óculos, ainda sorrindo.

— Gorilas? Sério?

— Seríssimo. Os melhores pais.

— Eu deveria perguntar por quê?

— Seria uma boa.

— Bem — cruzei os braços e tombei a cabeça para o lado —, o que eles fazem que os tornam os melhores pais?

— O gorila provê toda comida que o filhote precisa depois do desmame, o que pode chegar a vinte quilos por dia. E, se a fêmea morrer, o macho assume os cuidados com o pequeno. Já imaginou?

— Não, eu nunca parei para pensar sobre isso. — O jeito bem-humorado dele me cativou. Soltei os braços e sorri. — Mas conhecimento nunca é demais, ainda mais quando o assunto é *tão relevante* como esse.

Bruno me acompanhou quando voltei a andar.

— Ah, fala sério! É muito bom saber curiosidades sobre a natureza incrível criada por Deus!

— Não tem ninguém dizendo o contrário.

— Agora a sua vez.

— O quê? — Encontrei o olhar tranquilo dele.

— Estou te ajudando a manter um diálogo com as pessoas.

Eu ri.

— É sério? — perguntei, um pouco incrédula.

— Sim! Vamos lá. Me conte algo legal.

— Bruno, definitivamente, você não é normal!

— É o meu jeitinho. — Ele ergueu os ombros e depois relaxou os braços. — Vamos lá, não vou falar nada até você trazer um assunto interessante para nossa conversa.

— Essa oferta é tentadora — brinquei. — Certo, deixa eu pensar.

Ele cruzou as mãos atrás das costas e continuou caminhando, com a marcha lenta, me obrigando a manter o ritmo. Parecia não ter pressa nenhuma em chegarmos ao nosso destino. E, por incrível que parecesse, constatei que eu também não.

— Você sabia que Tolkien escreveu grande parte da história de *O Senhor dos Anéis* à mão e revisou inúmeras vezes, chegando a reescrever trechos inteiros? Ele levou cerca de doze anos para finalizar a obra e precisou lidar com a Segunda Guerra Mundial durante o processo.

— Uau! — A expressão de espanto dele foi bem exagerada, mas eu não me importei, porque ele prestou atenção em um dos assuntos que eu mais gostava. — Você é muito inteligente. Eu aqui falando de gorilas e tartarugas e você me solta uma dessas. Sabia que deveria ter sido um aluno melhor!

Bruno me fez rir ao dar um soquinho no ar e soltar um suspiro forçado de lamento.

— Mais uma — ele pediu depois de se recompor. — Mas, por favor, de algum assunto menos intelectual para eu conseguir te acompanhar.

— Pode deixar. Hum… — Franzi a testa e busquei alguma informação interessante em meio aos meus pensamentos. — Já ouviu falar dos *castrati*?

— Não que me lembre.

Mordi o lábio um pouco arrependida de ter escolhido o assunto. O olhar curioso de Bruno, no entanto, me instigou a continuar.

— Eram cantores da Igreja Católica, especialmente durante os séculos XVI a XVIII, que eram castrados antes da puberdade para preservar sua voz aguda.

— Espera aí! O quê?

— Esse costume surgiu porque as mulheres eram proibidas de cantar em coros religiosos e nas óperas italianas, e os *castrati* se tornaram uma alternativa, mantendo a potência vocal de um homem adulto com a suavidade de uma voz infantil.

— Você está me falando que eles… tipo… — Ele fez um movimento com a mão no ar, como se estivesse cortando algo. — Para poder substituir a voz das mulheres?

— Exatamente!

Bruno passou os dedos pela barba, pensativo.

— E tem mais — continuei. — Lutero rompeu essa tradição. Ele defendia que o canto congregacional era uma forma de louvor a Deus e deveria envolver todos, incluindo mulheres e crianças. O hino "Castelo forte é o nosso Deus" foi composto em alemão para ser cantado por toda a congregação, sem distinção de gênero.

Vê-lo pensativo me deixou satisfeita.

— Acho que agora é sua vez — falei.

— Ainda estou um pouco impactado. Mas vamos lá.

Ele me encarou com um sorrisinho brincando nos lábios.

— Já viu esses portões de ferro cheios de detalhes superbonitos que vemos por aí? Eles ficaram populares lá no reinado de Luís XIV da França. O cara era superfã de arte e mandou fazer uns portões decorados com detalhes bem legais nos palácios e jardins, como no Palácio de Versalhes. Foi nessa época que o trabalho com ferro virou uma mistura de arte e utilidade, e que continua até hoje em muitos lugares.

— Você sabia que os maias e astecas valorizavam tanto o cacau que usavam os grãos como pagamento?

— Sabia que as pirâmides do Egito foram construídas com tanta precisão que muitas pedras se encaixam tão bem que não é possível nem passar uma lâmina de faca entre elas?

— Existe uma lenda de que o café foi descoberto por acaso por um pastor etíope, que notou que suas cabras ficavam mais animadas depois de comer os grãos. Sabia dessa?

— Eu amo café — ele respondeu. — Obrigada, cabras do pastor, por essa descoberta incrível.

Nos entreolhamos e começamos a rir, depois a gargalhar. Bruno parecia exercer um poder sobre mim, me deixando mais leve.

Eu estava gostando disso.

— Viu? — Ele limpou a área dos olhos, que estavam úmidas com lágrimas de tanto rir. — É assim que acontecem conversas casuais! E elas são divertidas.

— Depende da pessoa com quem estamos conversando. Você, no caso, deve fazer uma porta se tornar divertida!

— Acredito que isso é um elogio.

— Talvez.

— Vou considerar que sim.

Lancei um olhar rápido para ele, mas desviei em seguida. Senti algo diferente entre nós, e nem mesmo o silêncio repentino pareceu incômodo.

Seguimos caminhando com a mesma tranquilidade pelas ruas da cidade. Já estávamos em frente ao mercado Jatobá, quando avistei algo do meu extremo interesse em uma rua adjacente à que estávamos. Meu sorriso se abriu involuntariamente. Bruno percebeu e procurou o que o causou. Quando viu o que me atraía, também sorriu.

— Você se importa de mudarmos o trajeto um pouquinho? — perguntei com um olhar travesso.

— Fala sério?

— Lógico! Diferente de você, eu sempre falo sério.

— Cara, suas piadas são muito ruins. — Ele balançou a cabeça, depois assentiu. — Vamos lá, então.

Fizemos a curva na esquina em direção a uma rua sem saída. No final dela, uma casa estava em obras e bem em frente havia uma caçamba laranja recheada de entulhos. Quando chegamos em frente, dei uma olhada ao redor para ver se havia alguém.

— O que pode ter de tão interessante aí? — Bruno perguntou dando uma espiada dentro da caçamba.

— Vamos ter que descobrir.

Havia algumas tábuas empilhadas, mas eram inúteis, já que estavam tomadas por cupins. Lancei outro olhar para a casa à nossa frente. Era uma construção antiga, atualmente em reforma. Um bom sinal. Casas assim costumavam descartar materiais de qualidade.

— Consigo ver sua cabeça tramando um plano para entrar aí dentro e vasculhar cada cantinho — Bruno brincou.

— Me ajude aqui — pedi e acendi a lanterna do meu celular.

Bruno também pegou seu aparelho e iluminou a parte interior da caçamba. Iniciamos nossa procura por qualquer coisa que pudesse ter algum valor. Ele encontrou um saquinho com muitas peças dentro. Curioso, abriu com cuidado o pacote.

— Parafusos e porcas. Muitos parafusos e porcas. E pregos. Será que é lixo mesmo?

— Com certeza — respondi e abri um meio sorriso. — Pode levar se é do seu interesse.

Ele continuou avaliando os objetos, depois os colocou no chão, num canto perto da calçada.

— Vai levar? — perguntei quando ele voltou a investigar lá dentro junto comigo.

Ele apenas sorriu, se rendendo.

— Ei, tem alguma coisa ali. Uma caixa com um monte de coisa.

— Estou vendo. Parece algo de ferro.

— Vamos precisar tirar esses entulhos.

Bruno virou a lanterna do celular em minha direção. Ele me inspecionou dos pés à cabeça, o que me deixou um pouco desconcertada. Depois de analisar meu tênis branco e o macacão pantacourt de linho que eu trajava, voltou-se ao meu rosto.

— Quer dizer eu, né? — ele comentou. — Porque não acho que você entraria aí estando toda arrumada.

— Eu não estou toda arrumada! — protestei e levantei uma das minhas mãos para bloquear a luz dos meus olhos.

— Você está maquiada, Gabi. E muito bonita, devo dizer.

— Obrigada — respondi de súbito. — Mas isso não faz de mim uma inválida.

— Não foi isso que eu quis dizer. É só que você vai se sujar toda.

— E qual o problema? Depois eu tomo banho e lavo a minha roupa.

— É uma caçamba de lixo! — Ele aumentou o tom de voz e abaixou o celular, tirando a luz do meu rosto. Então, o sorriso dele foi se abrindo devagar.

— O que foi?

— Nada. Vamos ver o que tem naquela caixa.

Ele me entregou o celular dele e, com um impulso, ergueu o corpo, sentando-se na beirada da caçamba. Iluminei a caixa na qual estávamos interessados. Ele inclinou o corpo e estendeu as mãos para pegá-la.

— Está pesada — falou e colocou os pés para dentro da caçamba. — Só um minuto.

Com cuidado, ele afastou algumas madeiras e um pedaço de uma cadeira velha. Conseguiu erguer a caixa e levá-la até a beira. Tentei ajudá-lo, mas ele pediu apenas para eu iluminar o local. Ele apoiou a caixa na caçamba e pulou para fora.

Curiosos, começamos a abrir a caixa, mas a voz de um senhor um pouco à frente nos interrompeu.

— Ei, quem são vocês? — ele perguntou de dentro do portão da casa dele.

Não sei por que, mas Bruno ergueu as duas mãos para o alto, como se estivesse se rendendo. Eu só consegui rir e iluminar a cara dele.

— Está tudo bem, senhor. Estamos apenas vasculhando o lixo. Minha amiga aqui trabalha com reforma de peças e eu sou serralheiro. Só estamos fazendo uma reciclagem — disse ele ainda com os braços erguidos.

O homem estava parado, nos avaliando. Não sei se ele acreditou no que Bruno disse.

— Moça, tá tudo bem?

— Tá, sim — respondi me esforçando para não cair na gargalhada. — Estamos só olhando a caçamba. E vamos colocar tudo de volta no lugar depois, não se preocupe.

O senhor murmurou alguma coisa, mas não saiu de lá. Deixou claro que nos vigiaria. Dei uma cutucada em Bruno para ele abaixar as mãos.

— Ele vai chamar a polícia — Bruno falou. — E amanhã sairemos nos jornais como o casal bem-vestido que rouba casas em obras depois de voltar da igreja.

— Isso não é roubo. Está aqui para ser descartado. Vem, para de drama e vamos ver o que tem nessa caixa.

Bruno deu mais uma espiada em direção ao homem antes de se abaixar para poder abrir a embalagem. Havia uma chapa de ferro enferrujada por cima. Ele a removeu e seu olhar mudou.

— O que é isso? — perguntei, enquanto ele examinava atentamente os detalhes de um objeto de ferro.

— São peças de ferro forjado, bem antigas. Parece que são apliques ornamentais. Que coisa mais linda!

Ele levantou duas peças pequenas, delicadas, com formas de arabescos e folhas, com design vazado e linhas entrelaçadas. O ferro tinha um tom escuro, quase envelhecido.

— Realmente, são lindas! — comentei. — Vamos levar?

— Claro! Isso é uma verdadeira obra de arte! E, pelo jeito, devem ser da construção original da casa. Perfeitas!

Havia cinco peças dentro da caixa. Bruno as organizou com cuidado, como se não tivesse acabado de tirá-las do lixo. Dei mais uma olhada na caçamba, porém, nada mais me chamou atenção. Peguei os parafusos que ele tinha deixado no chão e resolvemos voltar para o caminho de casa.

Quando estávamos passando em frente à casa onde o homem ainda nos observava, meio curioso, meio desconfiado, Bruno não hesitou em cumprimentá-lo.

— Boa noite, senhor. Poderíamos estar roubando e matando, mas estamos aqui reciclando lixo. Somos amigos da natureza, apenas isso!

O homem balançou a cabeça e eu apertei os passos para sair rápido dali.

Quando fizemos a curva outra vez na esquina, Bruno parou e disse:

— Precisamos registrar esse momento!

Sem ter que dar mais explicações, tirei o meu celular do bolso e pousei ao lado dele. Dessa vez eu ao menos sairia bonita na foto.

014

SÓ UMA AMIZADE INTENCIONAL

Meu celular apitou assim que eu terminei de almoçar. Minha mãe, que recolhia a mesa do almoço, quis saber por que eu estava sorrindo.

— Não é nada. — Cliquei no botão do celular para ativar a proteção de tela e deixei o aparelho em cima da mesa. — Só uma coisa engraçada que vi aqui.

— E eu não posso ver também?

— Você nunca entende minhas piadas, mãe.

— Porque você tem um senso de humor estranho.

— Estranho é rir com o vídeo de uma máquina de lavar pulando em cima de uma cama elástica.

Minha mãe sorriu, como se o vídeo tivesse passado pela cabeça dela outra vez. Ela se divertia com vídeos aleatórios, a ponto de chorar de tanto gargalhar. E não compreendia quando outras pessoas não tinham a mesma reação que ela.

Porém, o que recebi não teria graça para ela. Na verdade, nem para mim, se não houvesse toda uma história por trás.

Aguardei alguns minutos e saí em direção à varanda. Me sentei na rede e abri outra vez a conversa no celular. Era Bruno mandando mais uma foto das incríveis peças que ele encontrou no lixo. Mas não foi a primeira vez. Pela manhã ele havia me mandado uma mensagem, perguntando como eu estava. Depois, quis saber se eu me importava de conversarmos por lá. Quando eu disse que estava tudo bem, passou a falar sobre a descoberta do lixo.

Já decidiu o que vai fazer com elas?

Bruno Passageiro
Ainda não. Tive muitas ideias, mas quero que seja algo especial. Você viu os detalhes da forja à mão? Fico abismado de ver um trabalho artístico tão bonito ser desprezado no lixo.

Eu te disse que encontramos tesouros em caçambas.

Bruno Passageiro
Tô com um medo real de me tornar como você.

Eu deveria me sentir ofendida?

Bruno Passageiro
Eu não faria isso. Te ofender, no caso. Vou te mandar só mais um vídeo de um detalhe que encontrei aqui na peça maior. E depois vou trabalhar, porque meu horário de almoço acabou.

Vou me esforçar para ter o mesmo olhar que você.

Ele mandou a gravação, focando nas ondulações sutis que, segundo ele, eram marcas do martelo do artesão. Na noite anterior, ao me deitar, eu já havia me arrependido da nossa pequena interação, que soou mais íntima do que eu gostaria. Porém, naquele momento, a empolgação contagiante dele me deixou feliz por ter tido a brilhante ideia de levá-lo até a caçamba.

A primeira vez que encontrei algo realmente precioso para mim — havia sido o tampo de madeira de uma escrivaninha quebrada — reagi parecido com ele, então compreendia a sensação.

Fiquei na rede por mais um tempo, curtindo o balançar suave, para lá e para cá. A casa estava tranquila, envolta em um silêncio acolhedor. Meu pai trabalhava enquanto mamãe se ocupava com as coisas do lar. Eu apreciava esses momentos em que podia simplesmente relaxar, sem pressa, sem obrigações.

Tirei a tarde para ler um livro que queria há muito tempo. Depois de tomar banho, me deitei para ler a Bíblia e dedicar um momento para orar, quando minha mãe apareceu na porta do meu quarto.

— Eu quero fazer aquele pão de cebola recheado que você gosta, mas acabou meu fermento. Será que você poderia ir ao mercado comprar? Assim eu já adianto o recheio.

— Claro, mãe. Eu vou só trocar de roupa.

Além do fermento, ela pediu uma lata de milho verde para fazer um bolo. A forma dela me mimar era me enchendo de comidas deliciosas, muitas vezes exagerando no cardápio. Porém, nem adiantava protestar ou dizer que não precisava de tudo aquilo, ela faria mesmo assim. Eu não achava ruim, mas não queria voltar das férias com uns quilinhos a mais.

No mercado do seu Tonhão, que era o mais perto de casa, o fermento pedido por minha mãe estava em falta. Lá, me disseram pra tentar em outro comércio um pouco mais adiante, onde a moça do caixa garantiu que eu encontraria o que procurava.

Aproveitei para andar pela rua apreciando lugares que frequentei na minha infância e adolescência, além das pequenas mudanças ocorridas na cidade desde que me mudei.

Dez minutos de caminhada e eu estava no local que me indicaram. Era um típico mercado de interior, de corredores estreitos e apenas um caixa localizado logo na entrada. A moça que trabalhava ali me cumprimentou e eu sorri em resposta.

Fui até o fundo do mercado, onde imaginei que encontraria o fermento, mas nada dele por ali. Próximo a um balcão, dois homens conversavam. Um deles, do lado de fora, se destacava: ele era alto, com cabelos longos e grisalhos, um nariz avantajado e o tom de voz elevado.

Me aproximei e ouvi eles conversando sobre o preço da farinha, que acabava afetando também o do macarrão. Fiz um sinal para alertar a minha presença e o homem, que imaginei ser o dono, interrompeu a conversa entre eles e sorriu.

— Precisa de ajuda, moça? — ele perguntou, solícito, com o braço apoiado no balcão.

Os olhos verdes do homem eram um contraste bonito com o cabelo negro salpicado de fios grisalhos.

— Preciso de fermento fresco. Você tem?

— Tenho, sim. — Ele apontou para o lado direito dele. Depois, voltou-se ao homem com quem conversava. — Só um minuto, Guarani.

— Vai lá! — o outro respondeu.

Eu segui o dono que pesou numa balança antiga as gramas que pedi. É claro que não faltou a usual pergunta sobre qual comida eu prepararia, resultando num longo discurso sobre como os pães feitos em casa eram mil vezes melhores que os industriais.

Já munida do saquinho com a quantidade certa de fermento, fui em direção às prateleiras onde encontraria o milho. Avaliei as opções e os preços. Eu tinha o costume de calcular o preço em relação ao peso líquido do produto para ter certeza de estar levando a melhor opção, cujo custo-benefício valesse a pena.

E, no meio da conversa entre o dono do mercado e o seu companheiro, uma frase se sobressaiu aos meus ouvidos.

— Meu sobrinho está reformando todo o telhado lá de casa. O menino é muito bom de serviço, resolve tudo, não preciso fazer nada. Ele tem talento.

Quais as chances de o sobrinho referido ser o meu companheiro de viagem e de busca por materiais em caçambas alheias?

Quando dei por mim, estava imóvel, segurando duas latas de milho na mão, atenta à conversa entre os dois homens.

— Ele mora aqui? Vou precisar reformar o telhado da varanda da roça. Qualquer hora aquilo vai cair — o homem, chamado Guarani, questionou.

— Não — o dono respondeu. — Ele é de Ipatinga. Mas talvez aceite o serviço. E vale a pena, viu? Não é porque é meu sobrinho, mas o trabalho dele é muito bem-feito.

Quais as chances de existir outro serralheiro de Ipatinga que está em Inhapim para fazer um serviço para o tio?

— No momento não vou conseguir mexer com isso, porque as vendas não estão boas e apertou o meu bolso, mas me passa o telefone dele. Quando as coisas ficarem mais tranquilas, quero reformar o sítio.

— Só um instante.

Houve um momento de silêncio. Aproveitei para devolver uma das latas para a prateleira. Estava prestes a sair de trás do meu esconderijo, quando ouvi uma terceira voz masculina.

— Tio, preciso de um disco de corte abrasivo de sete polegadas. Onde acho aqui em Inhapim?

Quais as chances de eu já reconhecer a voz do Bruno com tanta clareza?

Bruno apareceu no meu campo de visão e me notou antes que eu pudesse pensar em fugir. Aliás, não sei por que eu pensei em fugir, mas aconteceu no segundo seguinte após ele abrir o sorriso para mim. Continuei estagnada enquanto ele vinha em minha direção, depois de pedir ao tio um instante.

— Inhapim é realmente muito pequena. — Ele parou na minha frente e olhou para minhas mãos ocupadas com as compras. — E, antes que me pergunte o que estou fazendo aqui, estou trabalhando na casa ali do lado.

A brincadeira zombeteira me trouxe de volta à realidade. Ergui a cabeça e relaxei os ombros. Foi então que reparei na sua roupa de trabalho. Tanto a blusa de manga comprida como a calça eram de um tecido mais grosso, de cor cinza. E ele usava botas de segurança.

— Ainda acho que você está me perseguindo.

A expressão de Bruno era cativante. Ele olhou para o lado onde o tio estava.

— Aqui é o mercado do meu tio Antônio. Estou reformando o telhado da casa dele. — Ele apontou com o dedão para o lado de fora. — Aliás, deixa eu apresentar parte da minha família para você. Vem cá.

— Ah, não...

Ele sequer me ouviu. Pegou em meu braço e me puxou com delicadeza.

— Ei, tio. Essa daqui é a Gabi, a moça que eu contei que me ajudou no ônibus.

O homem pelo visto tinha conhecimento da história do papel higiênico, ao menos foi o que pareceu pelo modo como ele reagiu.

— Te livrou de uma, hein? — Antônio se virou para o amigo que ainda estava lá. — Você não sabe, Guarani, mas Bruno teve uma baita dor de barriga durante a viagem e no ônibus não tinha papel higiênico.

O próprio Bruno passou a narrar, de maneira divertida e sem constrangimento algum, como foi salvo por um pacote de lenços umedecidos da passageira que ele nem conhecia. No final, até eu entrei na conversa e acrescentei alguns comentários espirituosos sobre nossa interação inusitada. Sem perceber, eu estava conversando com dois desconhecidos naturalmente.

Acabei saindo do mercado com um pacote de macarrão de presente do tal Guarani, que descobri ser vendedor do alimento, e meia dúzia de ovos caipiras das galinhas de Antônio.

Bruno, que já tinha resolvido seu assunto com o tio, sugeriu me acompanhar até em casa.

— Não acho que seja perigoso andar pelas ruas nesse horário. E você não estava trabalhando?

— Sou o meu próprio chefe. — Ele pegou da minha mão as sacolas de compras e presentes. — Essa é a vantagem de ser autônomo. A gente faz o próprio intervalo quando quer. E às vezes trabalha mais do que deveria também.

Não reclamei. A verdade é que caminhar ao lado dele me parecia uma ideia agradável. Sua presença era leve, e eu estava gostando cada vez mais de tê-lo por perto. Me fazia bem.

— Você sabia que papagaios têm sotaque? — perguntei depois que atravessamos a rua. — Aves da mesma espécie, mas de regiões diferentes, "falam" de jeitos diferentes, tipo dialetos.

— Olha só! Ela está me contando uma curiosidade animal.

— Estou puxando assunto para uma conversa casual.

Bruno me lançou um olhar de lado e franziu a testa.

— Você andou pesquisando?

Dei de ombros.

— Pedi à Alexa para me contar algumas curiosidades hoje pela manhã. Precisava fazer minhas pesquisas de campo para aprender como conversar.

Bruno soltou uma gargalhada contagiante. Ele tinha o riso muito fácil. Parecia sempre disposto a dar risada por qualquer motivo.

— Mulher, você é muito divertida!

Minha boca entreabriu e busquei me assegurar que tinha ouvido certo. Não disse nada de imediato, fiquei olhando para ele, com um brilho curioso nos olhos de quem foi pega de surpresa por algo incomum, mas que gostou do que ouviu.

— Não acho que as pessoas costumam me considerar divertida — disse, por fim. — Na verdade, eu só ouço algo parecido de amigos muito próximos. E, mesmo assim, duvido que eles diriam "muito".

— Qual é? Você é engraçada da sua maneira.

— Bruno, acho que é você quem se diverte com qualquer coisa.

— Tá, isso pode ser uma verdade. Ainda assim, eu gosto da sua companhia. Quer dizer, a princípio você me deixou com um pouquinho de medo, mas, depois que se soltou e passou a mostrar quem você é, eu gostei muito do que vi.

— Obrigada… Eu acho.

— De nada.

Fiquei sem saber o que dizer diante daquela declaração. Não era o momento para soltar outra curiosidade. A conversa tinha ganhado um tom mais sério, mesmo que não tenha sido de modo proposital.

— Eu queria te perguntar uma coisa — ele cortou o silêncio.

— Diga.

— Você consideraria a ideia de estabelecer uma amizade mais sólida entre nós?

— Como assim?

— Você disse que apenas os seus amigos próximos te consideram divertida. E eu me divirto em sua companhia. Sei lá, pensei que poderíamos ser amigos.

— Acho que já estamos caminhando para isso mesmo — comentei.

— Pode ser. — Ele pensou por alguns segundos e me encarou. — Mas eu queria fazer isso de modo intencional, sabe? Como eu disse, as pessoas costumam me achar sem noção, e não queria que você pensasse isso de mim.

— Tarde demais. Eu já penso isso de você!

— Sério? — Ele fez um bico de decepção.

— Mas não significa que seja ruim. Você é expansivo, só isso. — Quando ele sorriu, eu achei por bem completar. — E às vezes passa um pouco dos limites.

Ele se animou e começou a mexer a mão livre enquanto falava.

— E é por isso que nossa amizade vai funcionar! Eu te ajudo a se soltar e você me ajuda a passar menos do limite.

— Tudo bem! Podemos ser amigos!

Bruno comemorou de um modo exagerado, o que, claro, foi além dos limites. Para piorar, um pouco depois, a sacola onde estavam os ovos se rompeu e alguns deles se espalharam na calçada, fazendo as claras e as gemas voarem para todos os lados, inclusive para as pernas dele.

— Eu disse que atraio desastres. — Ele bateu o pé no chão, tentando se livrar das partes de ovos da sua calça. — Você por acaso teria um lenço umedecido aí?

Ele ergueu a cabeça sorrindo.

— Ainda não repus aquele que você gastou. Preciso resolver isso, principalmente se você continuar me perseguindo por aí.

Peguei as sacolas das mãos dele e transferi os dois únicos ovos que sobraram para a sacola com o macarrão.

— Melhor você voltar. Coitado, não vou te fazer ir até minha casa desse jeito e ainda ter que enfrentar todo o caminho de volta.

— Pois é.

— Obrigada pela companhia, de qualquer forma.

Ele se despediu e estava se virando para sair, quando algo surgiu em minha cabeça e eu o chamei.

— Ei, Bruno! Essa merece foto pro seu Instagram!

Ele abriu o sorriso mais bonito que vi até então.

015

UMA GROSSERIA MUDA TUDO

Na manhã seguinte, é claro, a imagem do uniforme do Bruno todo manchado de ovo já estava circulando na internet para todos os amigos verem. Ao lado, uma foto dele com a camiseta do meu avô — que ele acabou ganhando de presente no fim do chá da minha prima — e uma nossa, depois da aventura na caçamba no domingo à noite.

Mas os melhores registros vieram por último. Ele postou uma sequência de fotos do dia a dia e do trabalho, todas com a cara e a postura formal. Na legenda, respondeu a uma pergunta que eu tinha feito: se ele nunca postava nada sério, só as trapalhadas e momentos engraçados.

"Para quem acha que sou apenas um poço de piada e desastres."

Não tive como evitar soltar uma gargalhada sincera. Como ele conseguia ser naturalmente divertido?

> Se seu objetivo era passar uma postura séria, falhou miseravelmente.

> **Bruno Passageiro**
> Qual é! Tenho meus momentos de brincar, mas também sei cumprir minhas responsabilidades. Sou um homem de família. Te chamo mais tarde, tô em cima do telhado agora e não posso colocar a minha vida em risco.

Também não dava pra continuar a conversa, já que tinha prometido pra minha mãe que, após o almoço, a acompanharia na rua pra resolver umas pendências. Depois, seguiríamos pra casa da Ceci para passar um tempo com ela.

Permaneci a tarde toda brincando no chão com Davi, determinada a fazer ele me achar a melhor tia do mundo. Até levei um carrinho de presente, comprado na loja de utilidades da cidade. Porém, como a maioria dos bebês, ele preferiu a embalagem de papelão ao brinquedo colorido.

A primeira notificação sobre uma nova mensagem de Bruno chegou pouco antes de meu cunhado retornar do trabalho. Eu não abri o aplicativo, porque não queria correr o risco de a minha família me encher de perguntas sobre quem era o homem com quem eu estava conversando.

Mário se surpreendeu com nossa presença, mas não de um jeito negativo.

— Por que não me falou que sua mãe e a Gabi estavam aqui, meu bem? — ele perguntou para Ceci. — Eu passava na padaria e comprava algumas coisas gostosas.

— Já era pra a gente ter ido embora — falei, ciente de que tínhamos extrapolado o nosso tempo de visitas.

— De jeito nenhum! — ele respondeu. — Eu vou na rua comprar comida e vocês ficam com a gente. Cecília, passa o café e faz um chá para sua mãe, pode ser?

— Claro! Vai ser ótimo! Vou só trocar o Davizinho.

— Não queremos incomodar — comentei.

— Por favor, Gabi! Fica! — Ceci pediu com os olhinhos de súplica. Ela pegou o filho no colo. — Vou trocar esse neném fedorento. Não vão embora!

— A Cecília fica muito feliz quando você está aqui, Gabi — Mário me disse quando minha irmã saiu em direção ao quarto do meu sobrinho. — Especialmente aqui em casa. Será sempre bem-vinda! Vamos amar ter vocês como companhia.

— Tudo bem, então. Estou me sentindo coagida a aceitar a proposta.

Foi uma sábia decisão. A visita foi agradável. Mário era um excelente anfitrião e um homem muito simpático. De certa forma, era fácil compreender por que Ceci se encantou com ele e esqueceu suas resoluções do passado. Não que eu fosse a favor disso, mas, ao menos, eles viviam bem.

Já era mais de oito horas da noite quando Mário nos levou para casa de carro.

Entramos pela porta dos fundos e demos de cara com a cozinha cheirando a fritura e queimado, além de várias louças empilhadas na pia. Mamãe foi conferir as panelas e fez uma careta.

— Seu pai queimou a carne — ela resmungou baixinho.

Como se tivesse sido invocado pelo comentário dela, ele apareceu na porta do cômodo com cara de poucos amigos.

— Isso são horas de chegar? — perguntou com um tom frio.

— Você conhece o seu genro, não nos deixou partir enquanto o Davi não foi para a cama — mamãe comentou com um pouco de graça.

Ele cruzou os braços em frente ao peito.

— E você não se esqueceu de nada, não?

Eu vi quando minha mãe respirou fundo. Tomei a frente para responder.

— Pai, você disse que tudo bem a gente ficar por lá.

— Mas eu não sabia que seria até tão tarde!

Eu tinha ligado para ele, porque conhecia a peça. Avisei que ficaríamos para o café e perguntei se tudo bem se demorássemos um pouco para voltar. Ele não tinha se importado, ao menos foi o que pareceu ao telefone.

— O que você fritou aqui? — mamãe tentou mudar de assunto, mas, pela expressão do meu pai, percebeu que não tinha sido uma boa escolha.

— Você não chegou pra fazer minha janta, então tive que me virar com o resto do almoço. Só que a carne já tinha acabado.

Resolvi fritar um peito de frango, mas o telefone tocou bem na hora. Era uma coisa urgente do trabalho. Quando cheguei já era tarde.

Apesar do tom firme, ele ainda se controlava para não levantar a voz.

— Você está cansada de saber que não gosto de jantar comida velha — ele reclamou.

— Era só ter esperado eu chegar. Eu vou fazer o jantar... — mamãe tentou contornar a situação.

— Se for por minha causa, não precisa — ele declarou com ironia.

— Pare de drama, Alves! — ela o repreendeu. — Eu tirei aquela linguiça que você gosta. Vou fritar aqui rapidinho e você pode jantar.

— Agora já é tarde. Fui obrigado a comer arroz com ovo.

Fui até a geladeira para pegar a garrafa d'água para me servir e tentar me dispersar da conversa entre eles. Só que ela estava vazia, e isso foi motivo para mais reclamação.

— Eu já não falei para não deixar garrafa com pouca água na geladeira, Ana? Tive que beber água quente para piorar.

— E por que você não encheu a garrafa, pai? — perguntei repousando o utensílio em cima da pia. Eu queria completar a pergunta com algo como "sua mão cai?", mas sabia que não seria legal, então engoli a indignação.

— Porque isso é tarefa da sua mãe. Bem como fazer meu jantar. Mas ela nunca pensa nas minhas necessidades, sempre prefere colocar os outros na frente.

— Ah, me poupe, Alves! — mamãe resmungou. — Tudo o que eu faço nessa casa é pra servir você!

— E isso é um peso para você, né? Imagino...

— Dá para vocês pararem? — pedi me colocando no meio do embate entre os dois. — Eu falei sério quando disse que não voltaria mais aqui se ficar presenciando brigas.

— Eu não estou brigando, só exigindo que sua mãe cumpra o dever dela de mulher cristã. Não é isso que a sua Bíblia diz? Que a esposa deve honrar o marido e ser submissa?

— E diz que o marido deve amar a esposa como Cristo amou a igreja e deu sua vida por ela — respondi aumentando o tom e erguendo a cabeça.

— E não é o que faço? — Ele estava muito perto de gritar. — Tenho morrido de trabalhar a vida toda para dar o melhor para vocês! Quem você acha que pagou essa casa? E sua faculdade? Eu fiz e faço tudo que está ao meu alcance para proporcionar a vocês o que não tive. Mereço, no mínimo, ter meu jantar na mesa no horário de sempre.

Minha mãe tocou meu braço quando percebeu que eu estava prestes a perder o controle. Eu sabia que deveria honrar meu pai, mas se tornava uma tarefa muito difícil quando agia com grosseria e indiretas, como se apenas ele fizesse algo pela família.

— Vai tomar banho, filha. Vou fazer a janta.

Saí em silêncio, mas por dentro tudo fervia. Nessas horas, eu lembrava exatamente por que tinha me mudado. Detestava discussões, detestava a maneira como o casamento deles funcionava, e mais ainda como minha mãe engolia as calúnias calada, sempre se desculpando, como se a culpa fosse toda dela.

Eu demorei muito a me acalmar. E a conseguir orar em favor dos meus pais. Passar por situações assim me mostravam o quanto era difícil ser cristã e renunciar minha justiça própria e buscar perdoar. Não era fácil, de modo algum.

Só me lembrei das mensagens de Bruno quando estava deitada, tentando não remoer meus sentimentos. Girei no colchão e peguei o celular. Havia dezoito mensagens dele. A maioria me chamando e perguntando se eu estava bem, já que tinha sumido.

Naquele momento, a última coisa que eu queria era conversar com ele. Porém, uma outra mensagem mudou um pouco minha resolução de deixá-lo no vácuo. Era minha prima, Vitória, me cobrando o contato dele.

Digitei rápido e apertei o botão de enviar.

> Eu estive ocupada hoje o dia todo. Não consegui responder. Mas, aproveitando, preciso perguntar uma coisa. Você se lembra da minha prima Vitória? Ela estava no chá de panela.

> **Bruno Passageiro**
> Não me lembro. Conversei com muita gente, não consigo guardar o nome de todo mundo. O que tem ela?

> Ela me pediu seu contato. Mas eu disse que só daria se você autorizasse. Então, estou perguntando se tudo bem eu passar pra ela conversar com você.

Ele demorou um pouco para digitar de volta.

> **Bruno Passageiro**
> Tudo bem, você tem meu Instagram.

> Certo. Obrigada.

> **Bruno Passageiro**
> Você está bem? Aconteceu alguma coisa?

Fechei os olhos e deixei o celular de lado. Eu não estava disposta a compartilhar meus dramas com ninguém, principalmente com alguém que parecia não levar nada na vida a sério.

E ele era um homem. Nunca entenderia.

016

PASSO A PASSO DE COMO DEMONSTRAR INTERESSE

Não quis me levantar para o café da manhã no dia seguinte. Na verdade, não queria ver ninguém. Me afundei num poço de melancolia. Tive saudades do meu minúsculo apartamento, do silêncio e até mesmo do meu trabalho.

Cogitei, mais de uma vez, voltar para Belo Horizonte. As férias, naquele momento, pareceram ter chegado ao fim. Não conseguiria permanecer em casa, presenciando brigas outra vez, me lembrando de coisas horríveis do passado.

Tive dificuldade de orar e fazer meu devocional. Nessas horas eu não compreendia por que as coisas eram como eram. Às vezes, eu só desejava ouvir a voz de Deus de forma audível, me contando os planos Dele para minha vida.

Mas o que ouvi foi outra voz. Uma voz que estava me perseguindo nos últimos dias.

Saí do meu quarto para atestar que eu não estava ficando maluca e Bruno estava mesmo na minha casa. Antes, passei no banheiro e dei uma ajeitada nos cachos e lavei o rosto.

Minha mãe conversava com Bruno na frente do portão, que se encontrava aberto. Ele segurava uma trena e a ouvia atentamente. Desci um dos degraus da varanda e me sentei ali, observando a interação dos dois.

Bruno demorou um pouco para me ver. Discreto, ele sorriu e fez um sinal com a cabeça me cumprimentando.

Fui atingida em cheio pela culpa por tê-lo deixado sem resposta no dia anterior. Ele não tinha feito nada comigo e não merecia doses do meu mau humor apenas por me contatar no meio de um momento de desânimo. Decidi que conversaria e pediria desculpas.

Minha mãe mostrou o celular para ele, que observou alisando a barba com a mão direita. Em seguida, apontou para a tela e comentou algo, terminando com um de seus sorrisos fáceis.

Ao inclinar a cabeça, o olhar dele encontrou-se com o meu. O sorriso foi diminuindo enquanto me encarava, seus olhos expressando uma pergunta silenciosa.

Ele estava preocupado comigo. E eu precisava fazer alguma coisa.

— Se você der espaço, ela vai querer o portão de um palácio — declarei em voz alta e sorri. Juntei as pernas e me recostei no pilar que sustentava o telhado da varanda.

A expressão e o olhar de Bruno mudaram.

— Minha mãe não tem limites quando o assunto é o portão dos sonhos.

— Pois saiba que estou sendo supermodesta — ela comentou e fez uma cara feia para mim. — Isso são modos, menina? Não te eduquei assim. Cumprimenta direito o rapaz.

Ergui a mão com a palma para frente e acenei.

— Oi, Bruno! O que você está fazendo aqui?

— Gabi! — minha mãe me repreendeu, horrorizada.

— Ela está brincando — Bruno tranquilizou minha mãe e tocou no ombro dela. Depois, voltou-se a mim. — Sua mãe me ligou e perguntou se eu poderia fazer um orçamento.

— Eu não sabia que o serralheiro que você me indicou era o seu amigo simpático da festa — mamãe falou.

— Devo ter me esquecido de contar esse detalhe. Consegui o cartão dele no ônibus.

Bruno sorriu.

— Então, dona Ana, vou fazer um desenho mais próximo do que a senhora está buscando, dentro do orçamento que me passou. Acredito que consigo chegar bem perto do que deseja.

— Seria maravilhoso! De verdade. Olha, Gabi, o que estamos pensando em fazer.

Ela quis me mostrar uma imagem no celular, o que levou os dois para perto de onde eu me encontrava. Enquanto minha mãe discursava sem parar sobre os detalhes do novo portão, eu só queria poder conversar com ele e desfazer qualquer má impressão que eu tivesse passado.

Por fim, mamãe ofereceu uma bebida. Ele aceitou a xícara de café e ela saiu para providenciar. Bruno se sentou ao meu lado no topo da escada.

— Posso te fazer uma pergunta sincera? — ele falou, mas não esperou uma resposta. Gelei por dentro, sem saber o que viria a seguir. — A sua prima, Vitória, é sempre tão intensa?

Virei a cabeça um pouco para o lado.

— Como assim?

— Ela não para de falar nem um minuto. — Ele tirou o celular do bolso, abriu a conversa deles no Instagram e começou a passar o dedo pela tela, mostrando as muitas mensagens que ela mandou.

— Ela é legal. — Tentei ler o conteúdo da conversa, mas não consegui pegar muita coisa. — Se parece com você.

— Pois é! Aí fiquei pensando: como é que as pessoas me aturam?

— Qual é, para de zoeira.

— Não estou brincando. Estou falando sério.

— Você está sendo maldoso. E estou falando em relação a ela. A menina só está tentando puxar assunto, querendo te conhecer.

— E por quê?

— Ué, sei lá. — De repente, minhas mãos me pareceram muito atrativas. Passei a esfregar uma na outra, sabendo que aquilo não era bem uma verdade. — Provavelmente ela te achou interessante.

— Interessante como?

Eu não precisava olhar para ele para saber que era observada. Revirei os olhos, ainda sem o encarar.

— Você não disse que quer se casar? — Não tenho certeza se essa foi a melhor maneira para tentar sair da encruzilhada em que me meti, mas a pergunta escapou antes que eu pudesse segurar. — Então deveria ser mais esperto. Não vai conhecer ninguém se ficar julgando quem está tentando puxar assunto para te conhecer melhor.

Bruno sorriu, daquele jeito de quem sabe que você acabou de tropeçar nas próprias palavras.

— Então sua prima quer se casar comigo? — Ele se apoiou nas mãos, jogando o corpo para trás com um ar casual.

— Ela quer se casar. Se é com você, aí já não sei. Pergunta pra ela. Não sou a porta-voz dos sonhos românticos da Vitória.

Ele ficou pensativo por um instante. Moveu a cabeça como quem chega a uma conclusão.

— Certo, vou fazer isso.

— O quê? — Ergui as sobrancelhas quando ele me encarou. — Perguntar se ela quer se casar com você?

— Acho que isso soaria meio estranho. Ela poderia interpretar como um pedido, não?

Ele ainda falava sério, mas o brilho nos olhos entregava a provocação disfarçada. Havia um traço de humor ali, quase imperceptível.

— Depende da forma como você vai abordar o assunto. Se você perguntar algo como "Vitória, você quer se casar comigo?", sim, ela vai. — Resolvi entrar no jogo dele.

— Sim, seria muita maldade depois eu dizer que não era exatamente isso que queria saber.

— Pois é.

— Então eu poderia tentar algo do tipo: "Ei, você está querendo se casar comigo?".

— Muito direto.

— É. Também acho. Você tem alguma sugestão do que posso fazer para saber se uma mulher está interessada em mim sem ser tão direto?

A pergunta me pegou de surpresa. Emudeci, por alguns segundos.

— Essa é uma questão de nível superior. Me deixe pensar. Você pode observá-la, o modo como ela interage com você, por exemplo. Mulheres emitem sinais sutis de interesse.

— E então, se eu desconfiar, você acha que devo perguntar na lata?

— Depende. Se você tem interesse também, sim. Acho que o homem deve tomar a iniciativa, mesmo não estando cem por cento seguro. Ele que deve assumir o risco de tomar um toco. É uma forma de proteção.

— Concordo com você. Mas e se ele não estiver interessado?

— Depende do momento do processo. Ele está conhecendo a garota? Ou já a conhece o suficiente e viu que não daria certo?

Ele pensou um pouco.

— Ele está na fase de quem acha que dois falantes juntos só servem pra competir por quem respira menos entre uma frase e outra.

Soltei uma gargalhada sincera. Bruno riu também.

— Você não gostou da Vitória, né? — brinquei, sentindo pena da minha prima.

— Não tive tempo de formar uma opinião, mas ela me mostra meus defeitos. Isso é suficiente para eu querer pular fora.

Soltei o ar de uma só vez, emitindo um som de descrença e divertimento.

— Bruno, você me enfia em umas conversas muito estranhas.

— Conversas interessantes, você quis dizer, não?

— Se você está dizendo…

Puxei meus joelhos para perto do peito e abracei as pernas. Meus pés se moviam para cima e para baixo. Suspirei. Sabia que não poderia postergar o assunto que precisava ser tratado entre nós.

— Sinto que preciso pedir desculpas — falei e ele me encarou, atento. — Ontem eu te deixei sem resposta e fui um tanto rude. Não tinha nada a ver com você, eu só não estava muito bem e acabei descontando na pessoa errada.

— Entendo. Você quer falar sobre isso?

Neguei com a cabeça e desviei o olhar.

— Somos amigos, não somos? Você pode contar comigo para se abrir.

Eu não respondi. Fiz uma careta, ainda sem olhar para ele. Ele se moveu ao meu lado.

— Eu posso orar por você?

— Aqui? Agora? — Voltei-me a ele, surpresa.

— Se você quiser podemos subir um monte, soube que assim a gente fica mais perto de Deus e as chances de nossa oração ser ouvida é maior.

— Está vendo? — Soltei meus joelhos e virei meu corpo em direção a ele. — Nem quando o assunto é sério você consegue ficar sem brincar.

Ele não respondeu. Apenas sorriu e estendeu as duas mãos na minha direção. Olhei para elas, depois para seus olhos. Havia um convite silencioso ali. Coloquei minhas mãos nas dele, e ele as apertou com suavidade. Fechou os olhos, e eu o acompanhei.

Bruno fez uma breve oração, pedindo ao Senhor para cuidar da minha alma e coração. Ele reafirmou, com suas palavras enquanto se dirigia a Deus, que Cristo era meu pastor e eu poderia descansar em Seu cuidado e amor.

— Amém — três pessoas falaram juntas.

Abri os olhos e encontrei minha mãe parada ao nosso lado carregando duas xícaras e uma garrafa de café. Soltei minhas mãos e as puxei para bem perto do meu corpo. Suspeitei que minhas bochechas ganharam um pouco de cor. Não havia nada de errado ou constrangedor em nossa interação, ainda assim me senti pega no flagra.

— Quem quer café? — ela perguntou.

— Eu, por favor. — Bruno se levantou e a ajudou, pegando as xícaras.

Nessa hora eu agradeci por ele ter a conversa fácil, porque logo já havia engatado um bate-papo com minha mãe, enquanto ela servia café para a gente. Eles ficaram um tempão falando sobre um monte de assuntos enquanto eu observava, apenas murmurando alguma coisa uma vez ou outra.

Ela passou a contar sobre a última reforma que fizeram na casa e da saga do pedreiro que prometia terminar o serviço em uma semana, mas a semana dele parecia nunca chegar ao fim. Perdemos as contas de quantas vezes ele mudou o prazo.

Bruno observava a casa enquanto minha mãe apontava o que havia sido feito.

— Uma pergunta — ele a interrompeu quando falava sobre a instalação da janela nova. — Aquela calha transborda quando chove forte?

— Sim! — mamãe respondeu. — Como você sabe?

— A parede. — Ele apontou para o lugar onde a pintura estava desbotada e manchada. — Indicação de que tem água escorrendo ali. Acredito que a calha ou está entupida, ou precisa aumentar a vazão da água. Esse cano está fino, precisa trocar para um mais grosso.

Eu e mamãe passamos a avaliar o tal cano, mesmo sem entender nada do assunto.

— É difícil de trocar? — mamãe perguntou.

— Não, tranquilo. Coisa simples. Me convida para um café que eu troco pra senhora. — Ele lançou um olhar rápido para mim.

— O que preciso comprar? — ela quis saber.

— Só um cano de cem milímetros. O resto deixa comigo.

Foi mamãe quem me lançou um olhar sorridente dessa vez. Bruno já tinha conquistado dona Ana sem muito esforço.

— Que dia podemos marcar esse café? — ela perguntou, por fim.

017

PADRÕES FORAM FEITOS PARA SEREM IGNORADOS

Eu amava sábados porque eram o único dia da semana em que poderia dormir até mais tarde. Contudo, precisei acordar cedo para fazer sala para a visita a pedido da minha mãe. A visita, no caso, era Bruno, com toda sua disposição para trabalhar às seis e meia da manhã.

— Precisava vir tão cedo? — perguntei quando o encontrei na varanda separando alguns materiais e ferramentas que usaria. Bocejei e estiquei meus dois braços para cima, alongando os músculos. — Minha alma ainda não voltou para o corpo.

— Bom dia para você também, Gabi — ele respondeu e me deu um sorriso. — Eu disse que viria cedo.

Me encostei na pilastra, ajustei os óculos e cruzei os braços.

— Oito horas da manhã num sábado ainda é bem cedo para mim.

— Às oito horas eu já produzi muita coisa.

Bocejei mais uma vez.

— Você não está com sono?

Tínhamos ficado conversando até tarde na noite anterior. Nos dois dias que se passaram, ele tinha pegado firme no trabalho com o telhado do tio, então só me mandava mensagem na parte da noite. Isso não impediu que passássemos horas conversando sobre tudo um pouco. Fizemos até mesmo uma chamada de vídeo, que terminou parecendo um estudo bíblico, uma vez que ele sugeriu que comentássemos o que lemos no nosso devocional diário. Um assunto puxou o outro e ficamos horas falando sobre as coisas do Senhor.

— Não. Você está? — ele perguntou com tom divertido.

— Morrendo. Preciso de ao menos nove horas de sono pra poder ficar bem. — Fiz as contas mentalmente da hora que tinha ido dormir até a que havia acordado. — Estão faltando três horas.

Ele esticou o corpo e limpou as mãos na calça de serviço cinza.

— E por que você acordou cedo? Não precisava me fazer companhia. Quer dizer, a não ser que você esteja pensando em ser minha ajudante.

Desencostei da pilastra.

— Minha mãe me acordaria de qualquer forma. Não está sentindo o cheiro de pão assando?

Bruno puxou o ar e sua expressão era de satisfação.

— Foi o que combinamos, né? O serviço pelo café.

— Verdade. — Olhei para o interior de casa, depois me voltei a ele. — Se importa se eu for tomar banho?

— Claro que não. Vai lá.

Foi o que eu fiz. Deixei a água escorrer pelas costas e pelos ombros para ver se me ajudava a despertar. Depois troquei de roupa e soltei o cabelo, que até então estava preso num rabo de cavalo. Mas, em vez de deixá-lo solto, resolvi fazer um penteado. Tinha aprendido um coque simples e prático na internet, excelente opção para os dias em que o *day after* não colaborava.

Quando me olhei no espelho com minha camisa *oversized* preta preferida, cuja estampa já estava desbotando, lembrei da conversa com Bruno sobre minhas camisetas e ri. Prendi a ponta da blusa na bermuda e gostei do resultado. Aquele era o tipo de roupa que a gente ama e do qual não quer se desfazer nunca. É sempre nossa primeira opção, principalmente quando quer ficar confortável em casa.

Encontrei Bruno sentado à mesa da cozinha na companhia da minha mãe. Meu pai ainda estava dormindo, já que o *happy hour* da sexta foi regado a bastante bebida. Era melhor assim, ninguém aguentava o seu mau humor pela manhã quando acordava cedo depois de beber.

Notei que Bruno me encarou um pouco mais do que o normal, mas desviou o olhar para o pão quando me sentei com o joelho elevado e o pé apoiado na cadeira.

— Minha mãe queria fazer pão de queijo — comentei enquanto enchia a minha xícara de café. — Mas avisei que não seria uma boa ideia.

— Deve ser muito ruim não poder comer as coisas que quer. — Ela entregou a ele um olhar de pena. — E tem leite em tudo que é gostoso! Como você faz?

— Eu como e aceito as consequências — ele respondeu. — Vivo constantemente com dor de barriga.

Mamãe arregalou os olhos, mas disfarçou, principalmente depois de ver Bruno rindo de si mesmo. Dali ele começou a contar os muitos casos em que passou aperto devido à intolerância à lactose. Mamãe morreu de rir com ele narrando suas aventuras com detalhes engraçados. Naquele instante eu percebi que já começava a conhecer o jeitinho dele de conquistar as pessoas.

Fiquei esperando pela nossa história no ônibus, mas ele não contou. Minha mãe continuaria sem saber como a gente se conheceu e eu achei melhor assim. Eu confiava nela, mas preferia manter certos assuntos só para mim. Era uma forma de me poupar de perguntas indiscretas e conversas que eu não estava disposta a ter.

— O café está muito bom, mas preciso trabalhar. — Bruno se levantou e se voltou para mim. — Vai me ajudar?

— Claro que ela vai! — mamãe declarou.

— Mãe, eu não sou mais uma criança pra você responder por mim — brinquei e me levantei também.

— Para as mães, os filhos nunca crescem — ela disse.

Bruno me pediu para pegar um balde e posicionou a escada no local em que começaria o trabalho.

— Vou aproveitar para limpar a calha. Pelo que sua mãe me falou, acredito que esteja precisando.

— Se você continuar agindo assim, ela não vai te dar sossego — comentei. — Vai arrumar um monte de serviço pra você.

Ele subiu os degraus com confiança. Reparei que sequer hesitou, coisa que eu faria em seu lugar. Como previu, a calha precisava de limpeza.

Entreguei o balde e as luvas de borracha que ele pediu. Bruno calçou as luvas e meteu a mão lá, retirando um ninho de sujeira acumulada com o tempo. Colocou tudo dentro do balde e repetiu o processo até não ter mais nada.

Me sentei no degrau da varanda e o observei em silêncio. Havia algo encantador em ver um homem colocar a mão na massa. A atitude de Bruno me fez admirá-lo um pouco mais. Me lembrei dos meus preconceitos e notei o quanto eu fui besta em desconsiderar certos rapazes por não terem determinado trabalho e estudo. No final, masculinidade bíblica se tratava mesmo era de prover e trabalhar duro, servindo, independente se dentro de um escritório ou como um serralheiro. Havia valor em ambos. O resto era só uma questão de status imposta pela sociedade.

Depois de limpar tudo, Bruno desceu as escadas e me pediu um copo d'água. Levei a garrafa gelada e o servi. Ele se hidratou e me disse que começaria a troca do cano.

— Agora vou precisar da sua ajuda, pode ser? — perguntou.

— Claro, conte comigo! Vou fazer um ótimo trabalho, te garanto — brinquei.

— Está vendo? Você é engraçadinha quando quer — ele falou e subiu os degraus outra vez.

Bruno soltou os parafusos da braçadeira com precisão. Ele me pediu ajuda e, juntos, retiramos o cano menor e encaixamos o novo. Ele, do alto da escada, dando instruções calmas e práticas, como se aquilo fosse a coisa mais simples do mundo, e eu no chão, buscando ser útil obedecendo suas orientações. Com o cano maior no lugar, ele prendeu tudo de novo, com a concentração tranquila de quem já fez aquilo mil vezes.

Bruno conferiu se tudo estava firme. Ao se virar, me encontrou com o celular na mão com a câmera aberta. Tirei uma foto dele e depois uma *selfie* em que eu aparecia na frente.

— Momento registrado — eu disse e ele sorriu.

— Você está pegando o jeito.

— Acho que você está me influenciando de um modo negativo.

— Claro que estou. Da mesma forma que você me fez dar uma espiadinha em uma caçamba que vi na rua hoje.

Eu me acabei de rir com a informação. Ele desceu os degraus da escada e esfregou as mãos na calça.

— Não achei nada de valioso, só concreto quebrado.

— Acontece — respondi, ainda rendida ao riso.

— Deixa eu ver a foto?

— De jeito nenhum! Só vai ver quando eu postar!

Ele não se abalou. Juntou e organizou os materiais que tinha usado.

— Conseguiu terminar o telhado ontem? — perguntei quando se sentou no degrau. Ele apontou com a cabeça para eu assumir o lugar ao lado dele e eu me sentei ali.

— Quase. Com mais meio dia de trabalho eu termino. Porém, meu tio arrumou outro serviço pra eu fazer, então devo ficar mais uns dias.

— Sério?

— Seríssimo.

— Aposto que você só aceitou para poder continuar me perseguindo por toda Inhapim.

Apesar de eu estar brincando, ele não negou. Pelo contrário, desviou o olhar e sorriu.

— E o serviço que você tinha que fazer em Ipatinga? — indaguei.

— Então, conversei com o cliente e ele disse que não tinha problema. Aliás, ficou aliviado, porque a obra deu uma atrasada. No fim foi bom para todo mundo.

— Legal!

Bruno inclinou o corpo um pouco para frente e esfregou as mãos. Ele virou a cabeça de modo que eu só conseguia ver os olhos dele.

— Então, vamos fazer mesmo aquela prateleira? Se quiser, estou com o dia livre, podemos mexer nela.

— Você está falando sério? Eu estava brincando, no caso. Mas… — Pensei por um momento. Eu havia mostrado a ele algumas peças de madeira que meu pai tinha guardado e brinquei que daria uma ótima prateleira para mamãe colocar as plantas dela. Eu não acharia ruim trabalhar com isso. — Podemos fazer se você quiser. Vou só avisar para minha mãe que teremos um convidado para o almoço.

Dona Ana, claro, amou a ideia. Se havia uma coisa que ela gostava de verdade era cozinhar para as pessoas. Era uma ótima anfitriã. E, como ela estava toda encantada com o Bruno, ficou feliz e preocupada ao mesmo tempo, com medo de o cardápio não agradá-lo.

Quando retornei ao quintal, Bruno estava falando no telefone em um canto afastado. Uma das mãos estava no bolso da calça e ele conversava sério com quem quer que fosse do outro lado da linha.

Saí em direção à varanda, para deixá-lo à vontade em sua ligação. Me sentei na rede e aproveitei para postar as fotos que eu tinha tirado. Pensei em uma legenda que ficasse legal, mas, ao contrário dele, eu não era boa nisso.

Eu estava prestes a postar a foto quando ele retornou com o rosto um pouco tenso. Fiquei preocupada, mas receosa em me intrometer demais perguntando se estava tudo bem.

— Vamos? — ele me chamou. — Você disse que a madeira estava lá atrás?

— Isso. Só um minuto.

Apertei o botão de postar, me levantei e guardei o celular no meu bolso. O aparelho de Bruno emitiu um toque de notificação e ele conferiu o que era. O sorriso foi se abrindo aos poucos. Ele passou o dedo na tela, seguindo para a próxima foto.

— Você é uma boa fotógrafa — ele comentou.

— Faço o que posso. — Ergui um ombro e inclinei a cabeça.

— Faltou a legenda. — Ele apontou para a tela do celular. — O que significam os emojis?

— Não significam nada. — Eu ri. — Não sabia o que colocar, então foi isso aí.

Achei que seria meio óbvio colocar um emoji de escada, um guindaste, um do macaquinho com vergonha e um com os olhos arregalados.

— Espero algo melhor da próxima vez, dona Gabi. — Ele guardou o celular. — Vamos?

Passamos as duas horas seguintes trabalhando em conjunto. A distribuição das tarefas fluiu com naturalidade, parecia até que já tínhamos feito isso outras vezes. Ele media e furava, eu encaixava e ajustava. Eu dava uma ideia e ele aprovava. Ele sugeria alguma melhoria e eu a apoiava. Fiquei surpresa ao descobrir que era divertido trabalhar em um dos meus projetos de reciclagem estando acompanhada.

— O que acha de fazer esses cantos arredondados? — ele perguntou. — Dá um charme a mais. Acho que consigo ajustar com a serra. E você poderia pintar algumas florzinhas na moldura.

— Vou ver se tem alguma tinta guardada por aqui. Só um minuto, já volto.

Meu pai já estava acordado e tinha dado uma espiada no nosso trabalho depois de conferir o serviço da troca do cano da calha. Ele me mostrou onde havia algumas latas de tinta que haviam sobrado da reforma e conferiu comigo se elas não estavam velhas demais para usar. Ele quis saber se o Bruno era da minha igreja e se éramos amigos.

— Somos amigos, sim, pai. Ele mora em Ipatinga, não é da minha igreja, mas é cristão também. Por que a pergunta? — sondei, desconfiada.

— Nada, nada. Vai lá pintar a prateleira. Sua mãe está empolgada. Já me falou disso umas três vezes enquanto eu tomava café.

Retornei e encontrei Bruno no telefone de novo. Dessa vez ele digitava algo e não parou, mesmo quando me aproximei. Eu aguardei até ele terminar e voltar a sua atenção para mim.

— Me desculpe. É meu irmão. Ele está passando por uma situação complicada e estou tentando ajudá-lo.

— Ah, certo. Mas tá tudo bem?

— Mais ou menos.

Eu estava curiosa, mas não era do meu feitio me meter nos problemas dos outros. Me sentei no chão, ao lado dele, e abri a lata de tinta. Bruno, porém, não se moveu. Os joelhos estavam dobrados para cima e os braços apoiados nele.

— Meu irmão conheceu uma menina de uma igreja que ele visitou e está apaixonado por ela. Ele disse que são muito parecidos. Gostam dos mesmos filmes, das mesmas bandas, de sair para os mesmos lugares. Parecem ter sido feitos um para o outro.

— E isso é ruim? Porque você não parece feliz com o fato de ele ter encontrado essa moça.

— Não, o fato de gostarem das mesmas coisas não é ruim. Não é esse o problema. A menina parece ser gente boa e piedosa, segundo o que ele avaliou. A questão é que, embora eles sejam muito parecidos nisso, em outras coisas são bem diferentes.

— Tipo no quê? — Eu já tinha desistido de pintar e prestava atenção no que ele dizia.

— Eles têm divergências em alguns pontos doutrinários importantes. Também em relação ao significado do casamento, sobre criação de filhos e uma visão de família diferente. E, para piorar, não têm o mesmo pensamento sobre como conduzir um relacionamento. Meu irmão tentou conversar com ela, mas nenhum dos dois está disposto a abrir mão do que pensa. Chegaram, inclusive, a ter algumas discussões sérias sobre isso. Ele tinha pensado em se afastar, mas, como está apaixonado, acabou se iludindo de que conseguiria fazer ela mudar.

— Que complicado!

— Muito! Ele está sofrendo, coitado.

— Imagino. E ele continua insistindo?

— Ele disse que não, mas eu sinto que ainda não desistiu, sabe? Parece que ele tem esperança de que ela vai mudar. Mas ao menos está convicto de não seguir em frente se isso não acontecer. Me preocupo, tenho medo de ele fazer uma burrada por estar apaixonado.

— Sei como é. Passei por isso quando minha irmã começou a namorar.

Eu tentei abrir os olhos da Cecília várias vezes. Mas nada do que eu disse, dos versículos que mostrei ou até a lembrança de sua convicção anterior funcionaram. Ela estava muito encantada com Mário, e isso me frustrou na época.

— Eu me envolvi com uma moça assim no passado. Ainda não tinha me convertido, então estava longe de ser do jeito certo. Mas eu comecei a gostar mesmo da garota e pensei, por um tempo, em tornar as coisas mais sérias. Só que havia uma coisa que me impedia. Ela não gostava do meu trabalho. Dizia que eu deveria procurar algo melhor, ser alguém na vida, ter uma carreira. Ela tinha vergonha de eu ser serralheiro, de não ter feito faculdade. E eu não queria abrir mão do que amo fazer porque uma pessoa não me aceitava como sou. Então terminei com ela. Mas, como estava envolvido, não foi fácil.

Me senti desconfortável ouvindo-o falar do envolvimento com uma mulher do passado dele, mas fiz de tudo para não demonstrar. Me certifiquei de manter uma expressão bem tranquila.

— Na verdade, hoje eu fico aliviado de ela ser assim, ou teria feito uma besteira maior do que fiz.

— Livramento que fala, né?

Ele concordou.

— Eu disse para o meu irmão que é legal ter alguém que se parece com você, que gosta das mesmas coisas. Questões como essas devem ser levadas em conta na hora de escolher uma parceira, bem como nossos sentimentos. Mas as primordiais, aquelas que vão afetar o futuro da família, têm que ser analisadas com muito mais cuidado.

— Eu entendo o que você quer dizer. Infelizmente, percebi que acabo julgando alguns homens com base num ideal que criei na minha cabeça. Não me orgulho disso e tenho tentado mudar. Acho que o tipo de conteúdo que consumi foi moldando minha forma de pensar sem que eu percebesse. Existe esse padrão do "homem perfeito" que é imposto pra gente, sabe? E nós, mulheres, muitas vezes caímos como um patinho.

— Os homens também criam padrões, mas são um pouco diferentes dos das mulheres.

— São padrões físicos, né? Já reparei nisso. Conheço um rapaz que desperdiçou a chance de ter uma mulher preciosa porque ela não estava no padrão de beleza que ele queria. E te garanto, ela não era feia.

Ele apertou os lábios e ergueu as sobrancelhas. Depois concordou com a cabeça.

— Quanto a isso pelo menos você não precisa se preocupar, não é mesmo? — ele falou e sorriu.

— Por quê?

— Ué, porque você está dentro do padrão de mulheres bonitas.

Soltei uma risada alta.

— Qual é! Estou longe do padrão de beleza feminino. Tenho cabelos cacheados, uso óculos e meu corpo nunca foi de modelo.

— Então é isso que você entende como padrão? Com todo o respeito, mas eu a considero totalmente dentro do padrão de beleza feminino. Nada do que você citou mudaria meu conceito.

Cruzei os braços.

— Bruno, eu não sou cega! Eu já tive problema com isso, mas não tenho mais, graças a Deus. Estou satisfeita com como Deus me fez. Mas estou longe de ser uma mulher que chama atenção. Sou totalmente comum.

Bruno pegou duas lixas e jogou uma para mim.

— Talvez você precise ajustar o grau dos seus óculos — ele brincou. — Vamos terminar essa prateleira ou sua mãe vai ficar decepcionada depois de termos prometido um lugar novo para as plantinhas dela.

Semicerrei os olhos e balancei a cabeça de um lado para o outro, ciente de que ele estava fugindo da conversa. Continuamos o trabalho sem tocar nesse assunto outra vez.

No fim, a prateleira ficou firme e mais bonita do que esperávamos, dados os materiais que tínhamos disponíveis. Minha mãe, que espiava a montagem, aprovou o novo local para as plantinhas que ela cuidava com tanto amor.

018

ALGUÉM ME EXPLICA O QUE ESTÁ ACONTECENDO?

Bruno tinha dito que eu era bonita. Ou melhor, que eu estava dentro do que ele considerava como padrão de mulheres bonitas. E disse que homens tinham a tendência de serem levados por um padrão físico. Isso logo antes de me revelar que me achava bonita. Talvez ele me achasse *muito* bonita.

Ele não tinha aparecido na igreja de noite, como na semana anterior. Mas tinha me avisado sobre sua ausência, justificando que acompanharia os tios e os primos na igreja deles. Na verdade, ele não me devia nenhuma satisfação, mas deu mesmo assim.

Eu já suspeitava que aquela conversa sobre amizade intencional tinha algo a mais, só não queria pensar nisso. Por quê? Porque eu estava gostando da companhia dele cada vez mais. E suspeitar que Bruno pudesse realmente estar interessado em mim mudaria as coisas, como mudou quando meu pai me procurou para conversar domingo à noite.

— Gabi — ele me chamou quando passei pela porta da sala. Voltei alguns passos e parei na entrada. — Chegou da igreja agora?

— Sim.

— Foi bom o culto? Viu seus amigos?

— Sim, foi tudo certo — respondi, desconfiada com aquelas perguntas estranhas.

— O Bruno estava lá também?

— Não. Ele foi para a igreja dos tios dele.

— Ah, entendi. Gostei do trabalho dele. Comentei com sua mãe que temos que pagar pelo serviço, não tem isso de fazer as coisas em troca de café. Um homem merece receber por seu trabalho.

— Eu acho que ele não vai aceitar, mas vocês podem tentar. A mamãe tem o telefone dele no cartão que entreguei para ela.

Eu sabia que tinha algo a mais naquela conversa despretensiosa do meu pai. Eu queria sair dali, me refugiar no meu quarto, mas ele não deixou.

— Venha cá um minuto.

Soube que o negócio era mais sério do que eu pensava quando ele abaixou o som da televisão e se concentrou em mim. Ele esperou eu me acomodar no sofá para soltar a bomba.

— Eu acho que o Bruno está interessado em você.

— Como?

Não dava pra disfarçar a surpresa. Nunca imaginei meu pai tocando nesse assunto, assim, do nada. Ele nem quis receber o Mário quando foi pedir a mão da minha irmã em casamento. Disse que a gente já era adulta e sabia o que fazer da própria vida e quem viveria as consequências das nossas escolhas éramos nós, não ele.

— O Bruno, que consertou a calha.

— Eu sei quem é o Bruno, pai. Mas por que você está falando isso? Aconteceu alguma coisa?

— Não, eu só observei vocês ontem. Ele está muito interessado.

— Você está doido?

— Filha, eu sou homem, já fui jovem e solteiro, sei perceber muito bem quando um homem está interessado na minha filha. E, sim, ele gosta muito de você.

— Ah, não, pai! — Esfreguei a testa. — Fala sério!

— Eu estou falando sério. Olha, Gabi, eu sei que você provavelmente não levará em conta o que eu vou dizer, mas eu gostei dele. É um bom rapaz, respeitoso, trabalhador e ainda é da sua turma.

"Da minha turma" significava que era um crente fanático, como ele gostava de nos classificar.

— E eu acho que você pode acabar assustando o rapaz.

— Pai, você está querendo que eu case? Por que essa conversa? Eu não estou entendendo.

Ele abriu um sorriso discreto e uniu as duas mãos.

— Eu sou seu pai e me preocupo com você, minha filha. Sei que tenho meus erros e que você me considera um homem condenado, mas quero o seu bem. Só isso.

— Eu sei que você quer meu bem, pai — falei, sentindo um nó na garganta.

— Dá uma chance ao rapaz. Era só isso que queria falar.

— Bom, obrigada, então.

Sem saber como terminar a conversa estranha, me levantei e fui saindo abraçada à minha Bíblia. Quando eu ia atravessar a porta, ele me chamou outra vez.

— Pega uma cerveja no freezer pro pai, por favor.

* * *

Demorei uma eternidade pra pegar no sono. Não conseguia parar de pensar nas palavras do meu pai e ficava repassando cada atitude do Bruno na minha cabeça, tentando confirmar se as suspeitas dele faziam sentido.

Cheguei à conclusão de que sim, era bem provável que ele realmente estivesse interessado.

Com isso em mente, precisei escrever tudo o que eu sentia a respeito. Então digitei um texto enorme no meu bloco de notas do celular, que mais tarde eu encaminhei para Dulci, minha conselheira, pedindo socorro.

Bruno me mandou mensagem de noite, mas eu não tive coragem de abrir, tampouco responder. Imaginei mil cenas diferentes em minha cabeça, e todas elas terminavam com um dos dois sofrendo e nossa amizade indo pelo ralo. Minhas orações se resumiram a pedir a Deus para não deixar ele olhar para mim como uma pretendente.

Na manhã seguinte, continuei o ignorando, mesmo sabendo que minha atitude era ridícula. Porém, eu não estava pronta para conversar, precisava decidir o que faria a respeito da nossa amizade, já que não queria ninguém magoado. E precisava organizar minhas emoções, porque não era capaz de entender o que eu estava sentindo diante de tudo aquilo.

Dulci me ligou ainda pela manhã. Pela graça de Deus, tanto meu pai quanto minha mãe estavam fora naquele horário e eu pude conversar tranquilamente, sem medo de ser ouvida. Ainda assim, me tranquei no quarto e fechei a janela.

— Então dona Gabi arrumou um pretendente — ela disse com tom divertido assim que atendi.

— Não brinque com isso! A situação é séria, mulher!

— Eu sei que é. Mas quem diria, não é mesmo? O que mais me surpreende é como vocês se conheceram.

— A culpa é do seu marido, você sabe, né? Ele e a Aline ficaram falando um monte de bobagem na minha cabeça e eu, tola, resolvi mostrar a eles que estavam errados. Aí deu no que deu.

— Gabi, você fala como se isso fosse o fim do mundo. É só um homem interessado. E *se* você tiver certa, já que ele nem se declarou ainda.

— E se depender de mim nem vai!

Dulci riu.

— Qual seria o problema se ele se declarasse?

— O problema seria que eu não quero magoar ele.

— Você não gosta dele?

— Gosto, mas não desse jeito. Ele é legal, mas não é o tipo de homem com quem eu penso em me casar.

— Certo. Qual defeito você encontrou no rapaz dessa vez?

— Como assim?

Pisquei os olhos repetidas vezes. Eu não tinha reclamado de nenhum defeito no meu texto.

— Gabi, me responde uma coisa: você quer que eu seja sincera, mesmo sendo dura de engolir, ou quer que eu apenas apoie sua decisão de fugir, oferecendo um ombro amigo?

Eu abri a boca, mas fechei em seguida, antes que pudesse me arrepender do que ia dizer. Pensei por um instante e murmurei a resposta:

— Seja sincera.

Ouvi o suspiro da Dulci do outro lado da linha. Não seria uma conversa fácil.

— Você tem medo de se casar e por isso vive procurando defeitos nos homens, para ter um motivo e uma desculpa para se esquivar deles. E acho que agora você está em pânico porque, dessa vez, não conseguiu afastar ele e as coisas ficaram sérias.

Prendi a respiração, como se o ato pudesse impedir o choque daquelas palavras se assentando em meu coração.

— Desculpe soar insensível, mas estou falando isso com amor. Quero seu bem e isso significa te ver superando esse problema.

— Entendo.

— Vamos fazer assim. Vamos conversar. Você pode se abrir, dizer o que está sentindo. Não vou te julgar, mas tentarei te ajudar a ver as coisas com mais clareza, certo?

— Obrigada.

Como era bom ter uma amiga sábia e piedosa, com quem eu podia desabafar, ser ouvida e, em troca, receber conselhos valiosos, mesmo que, às vezes, eles doessem um pouco.

— Seu pai disse que ele está interessado — ela puxou o assunto — e você concluiu que sim. Por que você não pensou na possibilidade de talvez ser ele o rapaz por quem você orou e esperou todo esse tempo ao invés de já descartá-lo de primeira? Já pensou que talvez o Senhor tenha orquestrado o encontro de vocês?

— Eu pensei, pensei em tudo isso, mas não sei. Faz pouco mais de uma semana que eu conheci o Bruno. Mesmo a gente tendo conversas legais, eu não o conheço de verdade, sabe? E se ele for um lobo em pele de cordeiro? E se todo o falatório sobre Deus e as coisas bonitas que disse foi com o propósito de me enganar e parecer um homem cristão? Tenho medo de cair num conto da carochinha, amiga.

— Você tem medo de ele ser como seu pai?

Apertei os olhos com força. Falar sobre aquele assunto era difícil e tive vontade de chorar. Dulci conhecia minha história, sabia o quanto aquilo doía, por esse motivo, me deu o tempo que eu precisava pra responder.

— Tenho — confessei. — Tenho medo de cometer o mesmo erro da minha mãe ou até da minha irmã.

— Eu te entendo, Gabi. Sério. Mas esse medo não pode te paralisar, te impedir de construir uma família.

A primeira lágrima escapuliu. Limpei a bochecha com as costas da mão. Não queria me render.

— Não tem nada de errado em desejar se casar. O casamento foi instituído por Deus e é uma dádiva do Senhor. Digo isso sendo alguém que experimenta da graça divina diária através do meu relacionamento com o Paulo.

— Eu sei. Sei disso, mas ainda assim… sei lá. Não estou conseguindo raciocinar direito.

Dulci fez uma pausa. Ela procurava as palavras certas para alcançar meu coração.

— Seja honesta. Você quer se casar, Gabi?

— Quero, sim. Mas às vezes penso que é mais fácil ficar solteira, sabe? E acho que aprendi a me contentar. Eu tenho vivido bem sozinha.

— Você realmente está contente ou usa esse discurso para esconder algo mais profundo? Será que você realmente aprendeu a estar completa em Cristo em qualquer situação, como

Paulo, ou isso é apenas um escudo usado para se defender da realidade? Do confronto de ter que aceitar seu medo? Será que você não ultrapassou a linha de estar contente com sua condição e foi para o outro extremo?

Não respondi porque outra lágrima desceu.

— Amiga, você pode reconhecer seu desejo de se casar sem abandonar a verdade acerca do contentamento, de acatar aquilo que o Senhor tem para você, seja o casamento, seja a solteirice para sempre. Mas sua disposição em ser satisfeita em Deus não deve ser motivo para alimentar seus medos e as consequências dele, como afastar possíveis pretendentes.

— Você tá certa — murmurei com a voz falhando.

— E você pode dar uma chance a esse rapaz. Eu não estou falando que é para você começar a namorar ou algo assim. Mas pode aceitar a aproximação e amizade e ir conhecendo ele aos poucos.

Balancei a cabeça em negativa.

— Ai, não sei. Se ele já tá interessado, não é melhor eu cortar tudo de uma vez?

— Depende. Nesse tempo que vocês conversaram, você viu alguma coisa que te faz pensar que não casaria com ele de jeito nenhum?

— De jeito nenhum, não. Mas sei lá. Ele também não se parece muito com o que eu imaginei.

Dizer aquilo em voz alta foi como cutucar minha consciência. Lá estava eu usando o padrão que eu mesma tinha condenado no dia anterior, só porque precisava de uma desculpa para dar. Era orgulho, eu sabia.

— Ele tem alguma atitude estranha? Ou algo condenável? Fez alguma coisa errada? Te trata mal? É preguiçoso? Age como um ímpio?

— Não, não. Ele parece ser uma pessoa legal. E tem dado um bom testemunho. É trabalhador também, pelo que parece.

— Então por que ele não pode ser um possível pretendente para você?

Dei de ombros, como se ela pudesse me ver. Tentei encontrar motivos, mas tudo que eu pensava se tornava fútil demais para eu dizer em voz alta.

— Quando eu o conheci, não me senti atraída por ele. E eu acho que isso é importante. Acredito que é porque ele não faz meu tipo.

— Ele é feio?

— Não. Mas também não é nenhuma beldade. Eu não sei se diria que ele é lindo. Talvez bonito. Ah, Dulci! Não me faça perguntas difíceis. — Eu já nem sabia mais o que eu achava. — Eu postei uma foto dele no Instagram ontem, você pode conferir com seus próprios olhos.

— O que eu acho não é importante. E me parece que você acha ele bonito, sim, só não quer assumir.

— Tá bom. Eu acho ele bonito. Gosto do sorriso dele, principalmente. Mas não reparei isso de primeira.

— E daí? Eu achava o Paulo feio e hoje o vejo como o homem mais lindo do mundo. Concordo que ninguém deve se casar sem sentir atração, mas isso pode surgir com o tempo. Eu sou a prova disso. Me apaixonei por quem ele é e, aos poucos, comecei a enxergar beleza em tudo, até naquilo que antes eu criticava.

Eu já tinha ouvido essa história várias vezes. E sabia que ela não mentia.

— Eu acho que qualquer coisa que eu disser você vai rebater.

— Vou, porque quero que você enxergue o real problema. A questão não é a falta de atração ou o fato dele não ser o seu tipo. Eu já te falei: o que você sente é medo, Gabi. E tudo bem, eu entendo. Escolher com quem a gente vai passar a vida inteira é uma decisão superimportante. Mas você vai precisar encarar esse medo. Se casar envolve risco e se é isso que você quer, como me disse, vai ter que se permitir dar esse passo.

Ergui a cabeça e soltei um murmúrio. No fundo eu sabia que ela estava certa, só não queria enxergar o óbvio. Até porque lidar com nossos traumas dói e fugir sempre era uma decisão mais fácil.

— Tudo bem. Vamos dizer que eu decida dar uma chance e continue com nossa amizade. E se ele entender como um sinal e se declarar?

— Qual sua dificuldade se a declaração acontecer?

— Eu vou ter que responder alguma coisa. E não estou pronta para responder nada, porque eu estou confusa sobre meus sentimentos.

— Então diga pra ele, ué. Você não é obrigada a dizer sim nem não na hora. Pode pedir um tempo pra orar, refletir com calma. Pode ser sincera, abrir o coração, falar dos seus medos. O mais importante é ser transparente, para que ele não crie falsas expectativas nem se sinta enganado.

Eu não tinha pensado ainda por esse lado. Me sentia pressionada, como se precisasse decidir tudo naquele instante.

— Você conversou com sua mãe?

— Não e nem pretendo. Eu sei, sei da importância de envolver meus pais, mas já foi traumatizante o suficiente ver meu pai agindo como cupido. E você sabe como minha mãe lida com esse assunto, tenho medo de magoar ela ainda mais.

Minha mãe se sentia culpada demais para conseguir falar com a gente abertamente. Na ocasião em que Cecília decidiu aceitar o pedido de Mário, ela não se opôs. Sentia-se indigna de dizer qualquer coisa contra uma vez que carregava no seu passado o erro de ter feito a escolha errada mesmo contra a vontade da família.

— Bem, ao menos seu pai já aprovou o relacionamento de vocês. Um passo a menos — ela brincou e conseguiu arrancar um sorriso meu, ainda que de descrença.

— Ah, por favor, Dulci! Menos.

Ela pediu desculpas e voltou a falar sério.

— Você já orou?

— Sim, passei a noite toda e a manhã orando.

— Pedindo orientação a Deus? Ou pedindo para o Bruno sumir da sua vida?

— Algo mais próximo da segunda opção.

Dulci riu outra vez.

— Gabi, minha querida! Você está parecendo uma adolescente rebelde.

— Agora me senti ofendida.

Mas ela não estava errada. Eu realmente me sentia como uma adolescente em crise.

Me lembrei de uma conversa que tive no ano anterior com uma mulher que, aos quarenta anos, começou seu primeiro relacionamento com um viúvo. Na época, ela me confessou que se sentia como uma jovem imatura e perdida, e até brincou dizendo que, quando o assunto é o coração, é fácil se sentir como uma menina insegura. Mesmo depois de ter lido inúmeros livros sobre o tema, ela se achava totalmente despreparada para o que estava vivendo.

Talvez fosse isso que Jane Austen queria dizer com a célebre frase: "Somos todos tolos no amor".

— Gabi, aproveita esse tempo pra conhecer ele melhor. Você mesma escreveu que a amizade entre vocês aconteceu de forma natural e que gosta da companhia dele. Então seja intencional. Faça as perguntas certas, vá atrás do que realmente importa. Eu sei que você carrega o medo de repetir os erros da sua mãe e justamente por isso pode ir com calma, buscar ter segurança antes de tomar qualquer decisão.

Soltei um suspiro e deixei os ombros caírem.

— Meu último conselho: se relacionar sempre vai ser um risco. Faça sua parte, tome os cuidados que devem ser tomados, aja com a razão e não apenas com os sentimentos. Mas confie também no cuidado do Senhor e em todas as orações que você fez durante esses anos. E, acima de tudo, ore. Converse com Deus e peça direção. Clame por graça e sabedoria. Ele é seu Pai e quer o melhor para você.

Nada daquilo era novidade para mim, é claro. Mas ainda assim eu precisava ouvir tudo. Porque, embora eu soubesse, lá no fundo do meu coração, ainda faltava virar uma chavinha em minha cabeça para poder entender o quanto meu medo andava me atrapalhando.

Quando Dulci desligou o telefone, apesar de mais tranquila, eu ainda sentia o peso da decisão sobre meus ombros. Ou entraria de cabeça e assumiria todos os muitos riscos que corria, ou ergueria um muro para abafar qualquer sentimento que ousasse surgir e me livrar de vez do perigo.

Para me humilhar um pouco mais, Dulci me mandou uma mensagem com uma citação que me jogou no chão.

Dulci
Quando abrimos nosso coração para o amor, abrimos também para a dor. Amar é ser vulnerável, é saber que podemos — e provavelmente seremos — feridos. Se fechar e se isolar pode proteger seu coração da dor. Mas também o endurecerá.
Um coração que não pode ser ferido é um coração que não pode amar. E um coração que não ama se torna distante daquilo que conhecemos no Evangelho: o amor.

Fechei a conversa ponderando o quanto aquilo era profundo e verdadeiro. Demoraria um tempo até eu acertar minhas emoções e conseguir conversar com Bruno. Mas eu estava disposta a fazer a coisa certa dessa vez.

019

TOTALMENTE RENDIDA? TALVEZ.

Oi, Bruno. Primeiro, preciso pedir desculpas por não ter te respondido ontem. Eu até tentei algumas vezes, mas acabei não conseguindo porque não queria conversar. Não antes. Eu precisava de um tempo para mim e por isso me afastei. Enfim, fiquei pensando na sua sugestão de domingo. Será que rola fazer algo juntos? Talvez amanhã, já que é feriado?

Bruno Passageiro
Oi, Gabi. Fico feliz por ter dado sinal de vida, já estava preocupado. Não quis invadir seu espaço, por isso não te liguei. Amanhã eu tenho um compromisso. Se você não se importar de ir comigo, assim que acabar podemos dar uma volta.

Tudo bem, pode ser.

Bruno Passageiro
Passo aí às sete horas da manhã, pode ser?

Beleza.

* * *

Às sete da manhã do dia seguinte, eu esperava por Bruno sentada nos degraus da varanda. Não sabia exatamente o que diria, mas carregava a esperança de que ele soubesse como guiar a conversa que precisávamos ter.

Não foi fácil admitir que estava sendo dominada pelo medo. Mas foi ainda mais difícil encarar a situação de frente. Até mesmo minha mãe notou a mudança no meu humor. Ficou reclamando da minha introspecção e da minha indisposição para tudo. Só quando Davi apareceu para passar a tarde comigo é que consegui me animar um pouco.

Depois de muito refletir, cheguei à conclusão de que eu realmente gostava do Bruno. Gostava da presença dele, das conversas, do modo leve e divertido, e de como ele conseguia me fazer falar com tanta facilidade. Com uma observação um pouco mais cuidadosa, reconheci que havia interesse da minha parte. Passei a sentir aquela agitação interna, estranha e gostosa ao mesmo tempo, quando pensava nele.

Mas ainda estava em processo de aceitação, enfrentando minha desconfiança e apreensão, cheia de temores sobre o que aconteceria a seguir. Esperava que nosso "encontro" me ajudasse de alguma maneira. Talvez me certificar de que valeria a pena investir na possibilidade de um relacionamento.

Entretanto, deu sete e dez e nada. Sete e meia e nada. Mandei uma mensagem, mas não fui respondida. A longa espera me deixou tensa. Fiquei preocupada, afinal, ele já deveria ter aparecido.

Eu já tinha desistido de esperar na varanda e havia voltado para dentro de casa quando ele chegou. Eram oito e quinze da manhã. Abri o portão e dei de cara com um sorriso despreocupado.

— Bom dia, Gabi!

O rosto de Bruno exibia um ar divertido, como quem tinha acabado de sair de uma boa conversa. O tom da voz era tão tranquilo que dava a impressão de que ele tinha chegado adiantado e não atrasado. Não havia qualquer sinal de pressa ou de culpa.

— O que aconteceu? Eu estou te esperando há mais de uma hora.

— Desculpa por isso. Meu tio me chamou para conversar e me perdi no tempo.

Ele encolheu os ombros e deu um meio sorriso, como se tentasse aliviar o peso do próprio erro.

— Você podia ao menos ter mandado uma mensagem. — Fechei o portão e o encarei, ainda surpresa pela serenidade em seu semblante. — Fiquei preocupada.

— Eu sei, vacilei. — Ele levantou as mãos, rendido.

Ele apontou para um carro estacionado bem em frente de casa. Reconheci o carro em que peguei carona no dia que cheguei em Inhapim.

— Estou motorizado hoje.

Apenas assenti com a cabeça. Bruno abriu a porta e eu entrei em silêncio. Ele contornou o carro e assumiu o volante. Quando sorriu para mim mais uma vez, não pude evitar pensar que aquele tipo de atraso talvez fizesse parte da rotina dele.

— Você se atrasa com frequência? — perguntei, sem cerimônias.

Ele ergueu as sobrancelhas. Pensou por um minuto e comprimiu os lábios.

— E pelo visto não se importa. — Cruzei os braços em frente ao corpo.

— Eu me importo — ele se defendeu. — Sempre que me atraso, me arrependo e digo para mim mesmo que não vou fazer isso de novo. Mas, quando vejo, já estou atrasado outra vez.

— E aquela história de que oito horas já é tarde?

— Então... — Ele coçou a cabeça. — Normalmente, quando o assunto é trabalho eu costumo ser mais pontual. A não ser que alguém me pegue em conversa ou algo assim.

— Entendi.

Ele deu a partida no carro. Embora eu não estivesse o encarando, percebi que ele me espiou algumas vezes.

— Olha, foi mal. Não queria te deixar esperando.

— Tudo bem.

Nunca fui do tipo de pessoa que lida bem com atrasos. Sempre perdia a paciência quando me deixavam esperando sem uma boa justificativa. E ver que Bruno sequer se preocupou com isso me deixou levemente irritada.

Foquei minha visão à frente e permaneci quieta, meditando como eu poderia estar interessada em alguém sem compromisso com horário. Eu devia estar muito enganada e tudo não passou de um encantamento passageiro estimulado pela conversa com a Dulci.

— Você está muito quieta — Bruno comentou.

— Achei que você já tivesse percebido que eu sou assim na maior parte do tempo. Reservada e na minha. Gosto de ter meu espaço de vez em quando. — Eu sabia que estava sendo indelicada, mas não me arrependi de imediato.

Bruno entendeu o recado e não falou mais nada. Eu apreciava o silêncio, mas o nosso foi bastante incômodo. Quis voltar para casa e para minha cama. Me arrependi da minha decisão de dar uma chance para a ideia maluca de que ele poderia ser o "cara certo". Como o "cara certo" para mim se atrasaria e sequer se arrependeria disso? Nunca iria funcionar. Eu estava perdendo meu tempo.

Ele estacionou o carro em frente a uma casa em construção. Eu queria descer logo, mas ele se voltou para mim, transmitindo muita seriedade no olhar. As pernas estavam inquietas.

— Você está bem? — ele perguntou.

— Sim — respondi no impulso.

— Tem certeza? — Quis se certificar.

— Por que eu não estaria bem? — devolvi a pergunta crendo que ele entenderia a indireta.

— Não sei. Estou meio perdido. Como eu disse, eu costumo ser inconveniente e não percebo. Fico me perguntando onde eu estou pisando na bola com você.

O rosto de Bruno denotava uma preocupação real. Me senti incomodada com minha atitude. Uma pontada de culpa apertou meu peito. Respirei fundo e busquei organizar minhas emoções.

— Não é isso. Eu estou um pouco confusa, tentando entender a dinâmica da nossa amizade.

— Como assim?

— Nunca aconteceu algo do tipo comigo. Um desconhecido que virou conhecido rápido demais, de um jeito que faz parecer que somos amigos há uma década. E ainda tem a amizade intencional. Talvez tenha sido demais para meu lado antissocial.

— Me desculpe, eu…

— Não! Não é culpa sua, Bruno — declarei, sentindo a necessidade de ser compreendida.

Talvez fosse um bom momento para dizer as coisas que precisavam ser ditas. Não dava mais para adiar ou continuar fugindo, mesmo sendo difícil encarar de frente. Observei minhas mãos cujos dedos estavam entrelaçados. Eu sabia que revelar aquilo abriria uma brecha em minhas defesas emocionais. Mas era o certo. E eu estava determinada a agir da maneira correta.

— Eu que tenho dificuldade de me abrir com as pessoas. Na maior parte do tempo sou desconfiada e me fecho. — Tomei coragem e o encarei. — Aquilo que você me disse no chá, sobre eu ter medo de me relacionar… Você estava certo. Eu estou com medo do que está acontecendo entre nós.

Pela primeira vez desde que o conheci, Bruno não disse nada em seguida. Desviou o olhar algumas vezes, revezando entre meu rosto e o volante do carro.

— Por isso você não respondeu às minhas mensagens? — ele perguntou.

— Sim, eu estava tentando processar minhas descobertas.

— Se você precisa de espaço, é só me falar. De verdade, eu não quero forçar você a nada.

— Você acha que vai resolver se eu me esconder? Fugir? Me afastar por que estou com medo de como as coisas vão se desenrolar?

— Não, não vai.

— Pois é, eu também cheguei à conclusão que não. Eu não estou pedindo que você se afaste ou faça algo. Eu quero ser verdadeira sobre como estou me sentindo e sobre as minhas dificuldades.

Bruno assentiu devagar, analisando o significado por trás do que eu havia dito. Ele relaxou um pouco os ombros, que antes estavam tensos. Seus olhos estavam presos aos meus. Havia algo em seu olhar, uma espécie de cumplicidade silenciosa com a qual eu não sabia como lidar, mas que, de algum jeito, me fazia sentir mais à vontade.

— Tem algo que possa fazer por você?

Meu sorriso foi pequeno, mas sincero. Um calor discreto se espalhou no meu peito e senti um frio na barriga. Eu estava me abrindo de verdade, consciente da minha atitude e morrendo de medo do que aconteceria dali para frente. Eu dei um pequeno passo, mas senti como se estivesse correndo uma maratona.

— Você já está fazendo. Espero poder retribuir à altura.

Bruno coçou a barba, distraído. Depois, estendeu a mão.

— Amigos, então? — perguntou.

— Amigos.

Estendi a minha mão com calma. O que deveria ser apenas um gesto simples, como dois amigos selando um acordo, fez meu coração disparar. A percepção do toque de nossas mãos era uma declaração clara e silenciosa de que meus sentimentos estavam muito mais envolvidos do que eu supus. Quis que aquele momento durasse um pouco mais, mas ele logo desfez nosso contato.

Enquanto tentava lidar com todas aquelas emoções novas, me recordei do real motivo pelo qual eu havia ficado chateada. Não podia deixar o assunto de lado.

— Tem mais uma coisa — falei de uma vez, antes que perdesse a coragem. — Eu fiquei irritada com seu atraso, principalmente porque você não me mandou uma mensagem avisando. Foi uma insensibilidade da sua parte.

Bruno pressionou os lábios um contra o outro.

— Me perdoe, eu reconheço que falhei.

Deveria ser o suficiente, afinal, ele estava se desculpando. Porém, eu esperava mais. Queria que ele se abrisse, dissesse o que sentia e rendesse o assunto. Bruno, entretanto, parou por ali.

— Tudo bem. — Eu teria que aceitar apenas o pedido de desculpas. Forcei um sorriso. — Acho que está tudo resolvido agora.

Ele concordou e sorriu. Não sei exatamente por que eu fiquei decepcionada quando ele disse para descermos do carro. Por um instante, temi quebrar tudo o que havíamos construído se saíssemos dali. Bruno, alheio aos meus pensamentos, desceu e eu fiz o mesmo.

Havia uma movimentação de pessoas trabalhando na casa em construção; alguns em cima do telhado e uma turma reunida com pás e outras ferramentas ao lado de uma máquina barulhenta que rodava sem parar. Alguém gritou algo sobre a massa estar pronta, abafando o som da música que tocava ao fundo.

Supus que aquele era o compromisso do Bruno, só não imaginava o que me esperava.

— Já esteve em um mutirão de laje? — ele perguntou depois de pegar a mochila no porta-malas.

— Não. — Olhei para a movimentação na casa. — Mas suspeito que esteja em um agora.

— O irmão da igreja do meu tio precisava bater a laje da casa que está construindo e resolvemos nos reunir pra isso. Eu me disponibilizei para ajudar. E, aparentemente, você também.

Fitei o rosto dele esperando algum sinal de que estava brincando, mas só encontrei um sorriso contido.

— É sério isso?

— Seríssimo. Vem comigo. — Fez um movimento com a cabeça me indicando a casa.

Cerca de vinte homens já trabalhavam no local, que cheirava a cimento fresco. Para minha sorte, também encontrei algumas mulheres. A maioria assistia de longe, sentada em bancos improvisados, mas duas estavam no meio da obra, ajudando.

Bruno cumprimentou o pessoal com a animação de sempre e eu movia a cabeça tentando parecer simpática. Um dos homens, que estava com uma pá na mão, se aproximou. Era o dono da casa. Fui apresentada e, em seguida, o homem passou algumas informações.

— Minha esposa está preparando o lanche para o pessoal e tem algumas mulheres sentadas ali — o homem falou diretamente para mim e entendi que estava me deixando à vontade para escolher onde ficar. — Quanto a você, Bruno, seu tio disse que poderia coordenar a subida dos carrinhos. O Felipe está fazendo isso, mas ele seria mais útil espalhando o concreto.

— Sem problemas!

Bruno fez algumas perguntas rápidas sobre o andamento da obra, as quais o homem respondeu prontamente. Quando terminaram de se resolver, o dono da casa voltou ao seu trabalho com a areia, e Bruno me chamou para mais perto.

— Você pode ficar assistindo com as outras mulheres, mas, caso queira ajudar, eu tenho uma tarefa perfeita para você.

— Devo ficar com medo? — crispei os olhos.

Ele abriu aquele sorriso que o deixava muito bonito e senti minha armadura rachar um pouco mais. A qualquer momento eu estaria completamente vulnerável para me apaixonar de vez.

— Você terá que escolher confiar em mim ou fugir enquanto ainda há tempo.

— Senti a pressão agora. — Olhei para minha roupa inapropriada para o que ele propunha. — Acho que não estou vestida adequadamente. Você não me falou nada. Pensei que seu compromisso fosse algo rápido, não poderia imaginar que seria isso daqui.

— Não se preocupe, eu trouxe algo para você.

Inclinei a cabeça para o lado.

— Acho que devo fugir enquanto dá tempo.

Ele abriu ainda mais o sorriso, deu um passo para o lado e apoiou a mão nas minhas costas, me guiando até os fundos da obra. Tentei agir normalmente, mas o contato, ainda que discreto, me deixou mais consciente dele do que eu gostaria de admitir.

Nos fundos, uma construção simples já estava pronta. O casal morava ali, em três cômodos, enquanto a casa principal era terminada.

Entramos e fomos recebidos pela dona do local. O cheiro de carne sendo preparada emanava no ar. Bruno explicou que precisávamos trocar de roupa e ela apontou para o banheiro depois de pedir desculpas por ser pequeno.

Ele abriu a mochila que trazia e tirou lá de dentro uma camisa cinza.

— Essa é para você, senhorita. — Ele me entregou a camisa e apontou para o banheiro. — Queria te emprestar uma calça também, mas não tinha do seu tamanho. Então fica essa camisa mesmo, para proteger o que der.

Peguei a roupa, entrei e fechei a porta do cômodo. A camisa era larga, de cor cinza-escuro com alguns detalhes em laranja. No bolso do peito, o logotipo bordado da Serralheria Providência deixava claro que se tratava do uniforme do Bruno. Vesti por cima da minha roupa e fui me olhar no espelhinho meio torto em cima da pia.

Num momento de pura loucura, levei a blusa até o nariz. Cheirava a amaciante e a roupa bem lavada. Era um cheiro meio agridoce. Larguei o tecido de súbito ao me dar conta da minha atitude inusitada.

— Eu devo estar muito apaixonada pra me submeter a uma humilhação dessas — murmurei baixinho.

Prendi o cabelo num rabo de cavalo com a gominha que tinha na bolsa e abri a porta do banheiro, já esperando alguma piada do Bruno. Mas ele só me lançou um sorriso depois de me avaliar.

— *Oversized*, como você gosta — ele disse.

— Essa camisa é sua? — perguntei, apesar de já imaginar a resposta.

— Sim, meu uniforme. — Ele levantou as mãos e revelou uma trouxa de roupa da mesma cor que a minha. — Espere para ver, vamos ficar iguais.

Ele entrou no banheiro e trocou as roupas. Além da camisa, vestiu também uma calça da mesma cor. Quando saiu, deu uma voltinha, do mesmo modo que as *influencers* fazem quando estão mostrando o *look* nas redes sociais.

— Você é muito besta! — declarei. — Pensei que você era serralheiro, não pedreiro.

— Sou serralheiro por profissão, mas quebro o galho em outras áreas. Vamos lá?

— Não sei se isso vai dar certo — comentei. — Eu não entendo nada de obra, vou mais atrapalhar do que ajudar.

— Confie em mim, mulher! Sei o que estou fazendo. Você vai se divertir.

— Duvido. Mas tudo bem.

Ele guardou as roupas que usava antes na mochila. Agradecemos a dona da casa e seguimos em direção ao trabalho. Bruno trocou algumas palavras com o pessoal e me chamou para perto da escada que dava acesso à laje.

— Vamos subir.

— O quê? — perguntei, espantada.

— Sua tarefa vai ser lá em cima, trabalhando comigo.

— Ai, eu não sei, Bruno…

— Não se preocupe, eu não te colocaria em risco. Eu estou disposto a ser seu protetor.

Ergui o olhar em direção ao dele.

— Nesse caso, tô dentro.

Nos encaramos por alguns segundos. Fiquei me perguntando se eu e ele tínhamos entendido mal ou havia mesmo alguma mensagem por trás da nossa troca de palavras. Será que aquilo era um flerte? Céus! Eu era tão inexperiente.

— Sobe na frente. — Ele apontou para a escada. — Vou logo atrás.

Eu não queria parecer uma mulher fresca e mimada, por isso, engoli a hesitação e subi os degraus um pouco mais rápido do que gostaria. Lá no alto, um rapaz simpático me ajudou a passar para a laje e orientou onde eu deveria pisar. Bruno subiu logo atrás.

Precisei de um minuto para me acostumar com a ideia de que eu estava em cima de uma laje de uma construção. Era muito mais alto do que eu imaginava. Homens andavam de um lado pro outro, puxando carrinhos, organizando ferramentas e conversando em meio ao barulho da betoneira.

Bruno me ofereceu a mão.

— Vem, vou te mostrar sua tarefa.

Segurei firme a mão dele e o segui. Bruno andava com a segurança de quem já tinha subido em telhados muitas vezes. Eu, por outro lado, só conseguia pensar em quantas formas diferentes alguém podia se acidentar ali. Estava tão concentrada em não tropeçar que nem percebi de imediato que estávamos de mãos dadas.

— Você gosta de jogar videogame? — ele perguntou quando paramos.

— Não tenho o costume. Por quê?

— Porque o que você vai fazer agora é tipo um videogame, só que na obra.

Ele riu e soltou minha mão. Um rapaz, que gritava com alguém lá embaixo, nos notou e cumprimentou Bruno com um toque de mãos.

— Está atrasado, parceiro.

— Pois é. Mas cheguei. — Ele apontou para mim. — Essa é a Gabi. Vai me ajudar com o guincho.

— Perfeito.

O rapaz entregou um controle a Bruno, que me explicou como eu usaria aquilo para subir os carrinhos cheios de concreto. Prestei atenção nas instruções, tentando não demonstrar o quanto estava tensa por nunca ter feito nada parecido. Quando confirmei que tinha entendido, ele saiu para ajudar na outra ponta da laje.

Bruno ficou ao meu lado no primeiro teste. O carrinho subiu devagar, enquanto a base metálica vibrava com o peso, e o som do motor se misturava ao barulho constante da betoneira lá embaixo. Eu mantinha os olhos no controle, tentando parecer mais confiante do que realmente me sentia.

Depois que ele se certificou de que eu havia entendido tudo, assumiu a função dele: desconectar o carrinho e despejar o concreto no ponto certo, onde os outros trabalhadores já esperavam. Assim que os carrinhos eram esvaziados, eu os descia de volta e o ciclo recomeçava.

Foram dezenas de viagens para cima e para baixo, guiadas pelas minhas mãos. Com o tempo, o nervosismo foi dando lugar a uma sensação de satisfação por ter aceitado o desafio e orgulho por conseguir desempenhar bem meu papel como ajudante de obra.

Entre um carrinho e outro, eu pegava Bruno me observando de soslaio. Às vezes sorria, outras apenas assentia, aprovando minha desenvoltura sem precisar dizer em voz alta. E eu também aproveitava para observá-lo trabalhando, sempre tão alto astral, conversando com todo mundo, distribuindo sorrisos e brincadeiras, mas levando o serviço a sério.

Descobri que participar de um mutirão de laje era uma ótima forma de interagir com alguém que você quer conhecer melhor. Nunca, em meus quase vinte e nove anos, eu imaginaria passar por isso um dia.

Talvez eu já estivesse totalmente rendida.

020

NÃO. NÃO? NÃO.

Eu estava exausta quando consegui me sentar. Por mais que meu trabalho com o guincho não fosse tão pesado quanto o esforço dos homens na laje, eu era uma garota de escritório, acostumada a passar o dia todo sentada em frente a um computador. Mesmo não dando tão duro como eles, trabalhar na obra foi um baita choque de realidade. Porém, não era só o cansaço que me dominava. Eu também estava feliz.

Como sobrou um pouco de concreto, eles decidiram aproveitar para fazer uma parte da calçada da casa. Por isso, fui dispensada antes de Bruno. Me sentei perto das outras mulheres para respirar um pouco e observar o movimento.

Mesmo tentando disfarçar, meus olhos sempre voltavam para Bruno. E, enquanto fazia isso, analisava todas as possibilidades do que poderia acontecer dali para frente. Parte das minhas barreiras já tinham caído, porém, outra ainda resistia, exigindo cautela. Eu não queria me machucar ou dar um passo em falso que comprometeria todo meu futuro.

Bruno se aproximou para beber água. Àquela altura ele já se encontrava todo sujo. Havia cimento em seu cabelo, rosto, braços e óculos. Depois de tomar quase um litro d'água, perguntou se eu estava bem.

— Sim, só muito cansada. Você está enxergando alguma coisa com esses óculos desse jeito?

Ele tirou os óculos.

— Nem tinha percebido — respondeu. — Já me acostumei com a sujeira.

— Quer que eu limpe pra você?

— Por favor!

Se havia algo que eu odiava era ficar com as lentes sujas. Levei os dele até a torneira e, com cuidado para não arranhar, limpei tudo. Antes de devolver, encarei o rosto dele sem os óculos pela primeira vez. A expressão dele suavizou enquanto me observava.

— Obrigado. — Colocou os óculos de volta. — Está bem mesmo? Precisa de alguma coisa?

— Não, tá tudo certo.

— Vou só terminar de ajudar ali e já volto. Daqui a pouco vão servir o lanche.

Assim que ele se afastou, uma das mulheres ao meu lado se inclinou mais para perto.

— Vocês formam um casal tão bonitinho — ela comentou de um jeito fofo. — Ver vocês dois juntos me faz lembrar do meu tempo de jovem com o Marcelo.

Apertei os lábios, tentando em vão segurar o sorriso.

— Mas a gente não é um casal. Somos amigos.

— Ah, para! — ela retrucou. — Vocês estão apaixonados, dá para ver no rosto dos dois.

— E nos olhares — outra completou. — O típico olhar de duas pessoas apaixonadas. A gente conhece isso bem. Vinte anos de casamento aqui, sei bem como é.

Eu não tive escolha a não ser rir. Claro que eu não ia passar ilesa pelo radar das irmãs casamenteiras da igreja. Esse era um evento canônico pelo qual toda jovem cristã passa ao menos uma vez na vida. No passado, isso me irritava, mas com o tempo entendi que, no fundo, elas só querem ver a gente bem, construindo uma família com os mesmos valores da fé cristã. Não que eu concordasse com a ideia de ficar tentando juntar casais. Isso, no geral, dava muito ruim. Mas passei a olhar a situação com outros olhos.

— Não posso falar por ele — respondi, sabendo que deixaria todas satisfeitas.

Como previ, elas acharam o máximo. Passaram a contar o caso delas, de como conheceram os maridos, como foi o pedido de namoro e muitas situações engraçadas. Também fizeram elogios a eles e comentaram um pouco sobre as coisas boas do casamento.

Fiquei feliz em ter aquela conversa. Era algo que eu precisava. Conhecer mais histórias de amor cristão, de pessoas que construíram um lar como eu desejava. Foi importante ver que relacionamentos poderiam dar certo e ser muito bom, mesmo depois de vinte anos de casados.

— Eu preciso fazer um comentário — a mulher ao meu lado disse baixinho. — Eu tô errada ou ele te trouxe para um *date* em um mutirão de laje? Porque se for, ele tem meu respeito. Case com ele, vai ser um bom marido.

— Eu acho que isso não é bem um *date*. — Parei para pensar. — Mas vou levar em consideração seu conselho caso algum dia ele me peça em casamento.

Quando o trabalho terminou, os homens juntaram as ferramentas, se limparam como podiam e se uniram às mulheres ao redor da mesa. Meu estômago agradeceu. Eu estava faminta. Pão, carne, queijo, broa, suco, café e refrigerante foram servidos depois de uma oração de gratidão.

Bruno se sentou do meu lado enquanto comíamos. Ele se mostrou mais esfomeado do que eu, tanto que quase não falou nada antes do seu quarto pão com carne. Eu já tinha terminado de comer há tempos quando ele se deu por satisfeito.

— Você se saiu muito bem — ele falou.

— Obrigada. Já posso colocar no meu currículo experiência com guincho em mutirão de laje. — Fiquei satisfeita por fazê-lo sorrir. — Agora, falando sério, gostei bastante de participar. Sinto que me superei.

— Eu fiquei preocupado de como você reagiria, mas pelo visto eu não errei no meu julgamento. Supus que você encararia o desafio depois de quase se jogar dentro de uma caçamba de lixo. — Ele ergueu a mão. — E muito bem-vestida.

— Me preocupo com o tipo de mulher que você convive pra ficar espantado com algo tão simples.

— Com toda certeza ainda não tinha conhecido uma como você. Você é incrível, Gabi.

Usei o copo com o resto de refrigerante que tinha na mão para me refugiar do constrangimento ao ouvir o elogio. Não estava preparada para algo tão direto. Enquanto dava meu último gole, ponderava o que responder.

— Obrigada. — Acabei apelando para o óbvio, mas pensei bem e resolvi arriscar. — Você também é gente boa.

A empolgação dele deixou claro que ele gostou do que ouviu.

— Eu sei, sou demais mesmo. — Ele bateu no próprio ombro.

— E modesto — completei.

A gente riu, tornando o momento menos estranho aos meus olhos. Era bom me sentir à vontade com ele.

— Ah, me lembrei de uma coisa!

Bruno pegou a mochila largada no chão, abriu o zíper e tirou de lá uma manga. Ele me entregou a fruta e se levantou. Caminhou até a mesa, partiu um pão, colocou um pedaço generoso de queijo e voltou.

— Isso não pode ser sério — declarei, quando ele se sentou.

Da mochila ele retirou um canivete e trocou os alimentos comigo. Enquanto eu segurava o pão, ele começou a descascar a manga.

— Quando vi a manga na fruteira da minha tia, não resisti. Tive que pegar uma pra te apresentar a iguaria mais deliciosa do mundo.

Cética, esperei que ele acrescentasse um pedaço amarelinho da fruta no pão.

— Está madurinha, fica ainda mais gostoso. Prove!

Olhei para o pão em minhas mãos. Metade de mim estava tomada pela curiosidade, a outra pela desconfiança. Aproximei o alimento da boca e inspirei fundo, sentindo o cheiro doce da manga se misturar ao do queijo, criando uma combinação inusitada. Analisei o pão mais uma vez antes de dar uma mordida, sem saber ao certo o que esperar.

— E então? — Bruno perguntou, cheio de expectativas.

— Pior que eu gostei — respondi e dei mais uma mordida para me certificar de que realmente eu tinha apreciado o sabor daquela gororoba. — Agridoce, com uma textura diferente.

— Eu te disse! — Ele pareceu Aragorn quando foi coroado, com a sensação de que, finalmente, seu esforço havia sido reconhecido e respeitado.

— Sim, mais de uma vez, inclusive. Você quer metade? Não vou conseguir comer tudo isso.

Ele pensou por meio segundo e deve ter achado que valia o risco.

Depois que terminamos de comer e trocamos de roupa, Bruno sugeriu que a gente desse uma volta na Praça das Palmeiras. Mesmo desejando tomar um bom banho e lavar meus cabelos, eu aceitei.

Assim que descemos do carro, ele apontou para uma sorveteria.

— Quer tomar um açaí?

— Você consegue comer mais? Depois de todos aqueles pães?

— Meu estômago tem um compartimento secreto que se abre quando o assunto é doce. São espaços diferentes. Não importa o quanto eu coma, sempre haverá um lugar especial pra sobremesa.

Eu ri e aceitei a sugestão, mas avisei que pegaria o menor copo de açaí, já que eu não tinha esse tal compartimento secreto. Enquanto caminhávamos sem pressa pela praça, saboreando o açaí que ele insistiu em pagar, me senti uma protagonista de romance no seu primeiro encontro, mesmo não tendo sido nada planejado, cheirando a cimento e com o cabelo cheio de pó.

Nos acomodamos em um dos bancos da praça, sob a sombra estreita de uma palmeira. Bruno não puxou nenhuma conversa aleatória, já que estava preocupado em elogiar o doce. Senti falta do falatório habitual dele.

— Inglaterra — falei.

— O quê? — Ele me encarou com a testa franzida.

— Você me perguntou na viagem qual lugar do mundo eu gostaria de conhecer. Queria conhecer a Inglaterra.

Bruno inclinou levemente a cabeça, repassando mentalmente a conversa que tivemos. O sorriso surgiu devagar. Ele relaxou os ombros e manteve o olhar sobre mim, agora com um interesse renovado.

— E tem um motivo específico pra conhecer a Inglaterra?

Mexi o açaí com a colher e ergui um dos ombros.

— Talvez eu tenha sido influenciada por alguns autores que eu gosto e viveram lá.

— Faz sentido.

— E você? — Ergui o olhar até encontrar o dele. — Se pudesse escolher um lugar no mundo para conhecer, qual seria?

— Com certeza o Salar de Uyuni, na Bolívia. Quero muito conhecer. — Ele comeu um pouco de açaí, mas deixou claro que renderia o assunto. — Quando eu era criança, estava folheando uma revista na sala de espera do dentista e vi umas fotos incríveis de lá. Mostravam o céu refletido no chão, como se fosse um espelho gigante. Parecia que as pessoas estavam andando nas nuvens. Aquilo me deixou fissurado.

— Tem uma memória afetiva, então.

— Pois é. Ficou gravado na minha mente e sonho um dia pisar nas nuvens — ele brincou.

— Seu sonho está mais perto do que o meu. Não deve ser tão difícil viajar para a Bolívia. Nunca pensou em se planejar pra isso?

— Pensar até pensei, mas vou ser sincero, eu sou muito desorganizado para conseguir me planejar com antecedência. Aí eu sempre deixo para depois e o depois nunca chega.

— Você podia separar um valor por mês e juntar pra pagar uma agência de viagens.

— Dinheiro não é problema. — Ele ergueu as sobrancelhas. — Isso soou muito prepotente, né?

— Soou como alguém querendo ostentar — confirmei, tentando permanecer séria.

— Não foi essa a intenção. Acontece que eu tenho uma boa reserva financeira. E não, não é porque sou bom em administrar minhas finanças, é bem pelo contrário.

A revelação não me surpreendeu. Bruno já tinha deixado claro em várias ocasiões que organização não era o seu ponto forte. Diferente de mim, que anotava todos os meus gastos.

— Estou me sentindo julgado por esse seu olhar de contadora metódica.

Ajeitei os óculos no rosto com um gesto calmo. Mantive a expressão séria, mas a curva sutil no canto da boca entregava o tom de provocação.

— Já disse que não sou contadora. Trabalho no escritório de contabilidade. Mas, sim, estou te julgando. Você é um empreendedor, deveria saber como administrar o seu dinheiro. — Inclinei a cabeça levemente, como se estivesse diante de um caso perdido. — Aposto que não faz nenhuma distinção entre o seu dinheiro pessoal e o da empresa.

— É por isso que eu preciso de uma pessoa de confiança para fazer isso pra mim. Aliás, você não pega nenhum serviço por fora? — Ele se animou com a própria ideia. — Poderia me ajudar com essa parte. Ao menos até eu me casar. Podemos negociar um bom salário.

Dei uma risada curta e voltei a mexer o açaí com a colher.

— O que te faz pensar que uma esposa resolveria seu problema? — Enchi a boca de açaí e aguardei a resposta.

— Sou um homem iludido e cheio de expectativas. Na minha cabeça, ela vai me complementar e seremos um casal perfeito.

Movi a cabeça em negativa, fazendo de tudo para esconder minha diversão.

— E você disse que não lê romances…

Bruno balançou a colher dele no ar, insistente.

— Voltando ao que interessa. Eu realmente preciso de ajuda. Por favor, *Gabizinha*, me ajuda a conhecer o Salar de Uyuni?

Cocei a sobrancelha. O tom carinhoso com que ele disse meu nome me pegou de surpresa e me deixou tentada a aceitar.

— Vou pensar no seu caso.

— Pensa com muito carinho — ele pediu de forma gentil. — É sério. Eu já estou incomodado com isso faz um tempo. Sinto que preciso melhorar muita coisa para ser excelente no meu serviço. Não posso negligenciar essa área.

— Fazer nosso melhor, como para o Senhor — comentei, lançando um olhar de leve censura. — Você está jogando baixo falando essas coisas.

— Quero conquistar seu coração, apenas isso.

Eu quis responder que ele já estava conseguindo, mas a resposta ficou presa na garganta. Pensei em como contornar o assunto, levando a conversa para um terreno mais firme e seguro.

— Me conte, então, como funciona sua empresa.

Bruno resumiu como lidava com o orçamento, os pagamentos e a eterna dor de cabeça que era seu contador, que vivia reclamando da forma desorganizada com que ele entregava o que deveria ser um relatório financeiro.

Mas ele não parou por aí. Me falou um pouco mais sobre a vida pessoal, os bens que tinha e o esforço para adquirir cada ferramenta da serralheria e o automóvel que ele usava para trabalhar. Disse que, no momento, estava morando nos fundos da oficina, já que não precisava de muito espaço e era uma boa maneira de economizar.

E, ainda que seu método de administração fosse bem bagunçado, eu fiquei surpresa ao perceber que, na prática, ele conseguia poupar mais do que esperava.

— Tem uma coisa que vai te deixar orgulhosa de mim. — A postura mudou. Os ombros se endireitaram e ele estava feliz por poder contar algo bom sobre si mesmo.

— O quê? — perguntei, desconfiada.

— O dinheiro que economizo com o aluguel, deposito todo mês numa conta separada. Estou juntando para dar entrada em um apartamento. Sei que não posso morar nos fundos pra sempre. Principalmente se o Senhor me agraciar com uma família logo. Tenho orado por isso.

— Muito bem! Um ponto para você!

— Não sou tão ruim assim, no final das contas.

— Não, com uns pequenos ajustes acho que posso deixar sua vida mais fácil.

— Isso significa que você aceitou minha proposta? — Ele se mostrou esperançoso.

Revirei os olhos e não me dei ao trabalho de responder.

A conversa se tornou tão agradável que o tempo passou sem que percebêssemos. Nós só fomos embora porque Bruno começou a sentir o desconforto causado pelo queijo e não quis arriscar estar longe de um banheiro.

Quando me deixou em casa, nos despedimos com o combinado de nos encontrarmos ao menos mais uma vez antes de voltarmos para nossas cidades. Ele me esperou abrir o portão. Estava prestes a entrar quando me lembrei de algo, então me voltei a ele.

— Ei, Bruno, tem uma coisa que esqueci de te falar. Não.

— Não?

— Não. Eu não me arrependi de ter dado uma chance de te conhecer.

A última coisa que vi antes de me virar e entrar foi o sorriso sincero dele.

021

CONVERSAS ESTRANHAS NUMA SEXTA-FEIRA À NOITE

Bruno Passageiro
O que acha de dar uma volta daqui a duas horas?

Hum... Você não está planejando me levar para outra rodada de construção, não, né?

Bruno Passageiro
Hahaha! Não se preocupe, não envolve cimento nem nada do tipo. Esteja pronta em duas horas. Passo aí para te pegar.

Ei, eu nem disse se topo.

Bruno Passageiro
O traje é de festa, tá? Mas não precisa ser muito chique. Vou me arrumar também. Fui!

Bruno não respondeu nenhuma outra mensagem que enviei depois. Ele ignorou todas as minhas ameaças de não aceitar o convite e não recebê-lo no portão, caso não contasse para onde pretendia me levar.

Era sexta, o dia estava escurecendo e eu já me encontrava de pijama. Para ser sincera, eu recusaria sair se não fossem duas questões. Primeiro, meu pai tinha começado a beber cedo e estava bem alterado. Para evitar ficar escutando piadinhas relacionadas a minha fé, acabei me refugiando no quarto. Seria bom me afastar um pouco.

Segundo, eu e Bruno não tínhamos nos encontrado outra vez e eu voltaria para casa em dois dias. Como já tinha reservado o dia seguinte inteiro para ficar com meu sobrinho, se eu quisesse passar um tempo com Bruno, como me dei conta de que queria, a única oportunidade seria aquela.

Por isso, faltando quinze minutos para o horário combinado, eu já tinha vestido a melhor roupa que levei na mala, arrumado o cabelo e feito uma maquiagem leve.

Ele não se atrasou dessa vez. Cinco minutos depois de me enviar uma mensagem avisando que estava chegando, tocou a campainha. Eu até queria sair de fininho, mas minha mãe foi mais rápida e se adiantou para abrir o portão. Ela recebeu Bruno e me encontrou no quarto, pronta para sair. Então me fez algumas perguntas de que eu tentei desviar, sem sucesso.

— Se não estivesse acontecendo algo entre vocês, duvido que você sairia de casa com um rapaz aqui em Inhapim numa sexta-feira à noite — ela disse, depois de eu contar que Bruno ia me levar para dar uma volta.

— Mas não está acontecendo nada entre a gente, mãe. Somos amigos, eu já disse!

— Ana Gabriela, eu te conheço a vida toda, minha filha. A quem você quer enganar?

A pose dela, com as mãos na cintura, bloqueando a porta do meu quarto, me fez rir. Ela realmente me conhecia.

— Ele é meu amigo, mãe.

— Um amigo, mas que você aceitaria transformar em um namorado?

Eu sabia que não conseguiria fugir. Talvez fosse melhor ser sincera.

— Ainda não sei.

— Eu sabia! Sabia que você estava me escondendo algo!

— Eu não estou escondendo nada, porque não está acontecendo nada. Somos amigos, estamos nos conhecendo. Só isso.

Ela inclinou a cabeça e cruzou os braços em frente ao corpo.

— E você não quer saber minha opinião sobre ele? Pensei que isso importava pra você.

— E importa! Só não tem o que saber mesmo. — Ajustei a alça da minha bolsa no ombro e suspirei. — Ele é só meu amigo, de verdade. Não passamos disso.

— Hum… — Ela demorou algum tempo me analisando. Por fim, se rendeu e soltou os braços. Deu um passo para o lado, abrindo caminho para eu passar.

— Obrigada.

Toquei o braço dela e saí. Ela me seguiu, mas apenas até a porta.

—Juízo vocês dois, hein? — ela falou com o tom materno de sempre e, quando eu a encarei incrédula, completou baixinho: — Se por acaso começar a acontecer algo entre vocês, saiba que eu apoio. Gosto dele.

— Você gostou das coisas que ele resolveu para você, isso sim — brinquei.

— Porque prova que ele é um homem responsável e trabalhador. Já conta muito.

— Tá bom, mãe. Deixa eu ir agora.

Ela ficou me vigiando da porta. Passei pelo portão e o fechei rápido, temendo que ela inventasse de querer bancar o cupido para o meu lado. Só então me dei conta do Bruno me esperando. As roupas eram bem diferentes das que eu tinha visto até então. Vestia uma camisa de linho clara, calça de alfaiataria escura e sapatos. O blazer azul marinho deixava o visual elegante, sem parecer formal demais.

Repassei em minha mente se minha blusa de cetim preta, calça pantalona leve e sandálias estavam à altura da elegância dele.

— Você está muito bonita — ele arriscou elogiar.

— Não estou simples demais? Você está de sapato e blazer!

— Não, você está perfeita. — Ele desviou o olhar e puxou levemente a gola da camisa. — Peguei as roupas emprestadas do meu primo José. Ele é mais elegante do que eu. — Voltou a me encarar. — Mas eu até gostei do resultado.

— Caiu muito bem. Também gostei.

— Obrigado. Me sinto melhor agora. — Ele umedeceu os lábios, depois se virou em direção ao carro. — Vamos?

— Agora você pode me dizer para onde vamos? — perguntei quando nos acomodamos no carro.

— Pra uma festa — ele respondeu.

— Que tipo de festa? Por que todo esse mistério?

— Mulher, relaxa. Você verá quando a gente chegar.

Me armei da melhor postura ameaçadora, mas Bruno riu da minha cara. Ele deu partida no carro e passou a fazer perguntas sobre meu dia, além de falar de alguns assuntos que tínhamos conversado mais cedo pelo telefone.

Tudo estava fluindo naturalmente, até que Bruno fez a curva e entrou em uma estrada de terra. Provavelmente o caminho seguia para alguma área rural que eu não conhecia. Me agitei internamente, afinal, não fazia ideia de aonde ele estava me levando. Que tipo de festa poderia ter ali? Por um instante, passou pela minha mente a possibilidade de ter sido enganada e estar a caminho do meio do nada, onde ele, sei lá, daria um fim à minha vida.

Ele deve ter percebido minha inquietação, ou apenas suspeitou do meu silêncio repentino, porque falou com tom gentil:

— A festa não é muito longe, não se preocupe.

— Eu pareço preocupada? — perguntei.

— Um pouquinho.

Cruzei os braços e mirei na estrada escura à frente.

— Por um momento eu me perguntei por que você estava me levando pro meio do nada enquanto mantém o mistério sobre essa tal festa.

— Suspeitou de mim? — ele perguntou e em seguida soltou uma gargalhada.

Bruno riu tanto que os ombros sacudiram. Acabei me rendendo e ri com ele.

— Vai que você é um *serial killer* e eu sou sua próxima vítima. — Eu estava disposta a defender minha tese. — Fiquei me perguntando onde eu tinha errado que não percebi suas más intenções.

— Seria bem cruel da minha parte. Iludir você, te fazer se arrumar toda bonita para depois dar cabo da sua vida.

— Mas é isso que os maníacos costumam fazer. Crueldades com um toque de loucura.

— Nesse ponto você tem razão. Não na parte de eu ser um assassino cruel.

Olhei para ele e balancei a cabeça.

— Credo, que conversa mais macabra pra uma sexta-feira à noite.

Bruno ainda sorria quando me olhou de soslaio.

— Você que começou — ele disse, dando de ombros. — Mas, por via das dúvidas, pode ficar tranquila. A festa existe mesmo. Não é uma armadilha.

— Hum... — murmurei, voltando a encarar a estrada. — Vou te dar um voto de confiança.

— Não vai se arrepender, eu garanto. Mudando de assunto, eu tenho uma proposta para te fazer.

Meu coração deu um saltinho de repente. Me senti uma tola adolescente outra vez, se alterando por causa de uma palavra que pode sugerir mil possibilidades diferentes. Fiquei em silêncio, esperando-o continuar. Bruno não precisava de muito incentivo para expor suas ideias.

— Eu estava lendo meu devocional pela manhã e pensei comigo: a Gabi lê exatamente a mesma coisa. Por que não sugerir que a gente converse sobre nossas leituras todo dia?

— Por ligação? Ou por mensagem?

— Pensei por mensagem mesmo. Quero dizer, caso você queira ligar, também não me importo. Seria legal.

— Ligação todo dia seria inviável. A maior parte dos dias eu chego exausta em casa. Mas por mensagem acho que seria uma boa. Podemos tentar.

— Perfeito, então. E podemos marcar ligação algumas vezes por semana para poder conversar e orar juntos, caso você queira.

— Gosto da ideia.

Começamos a avistar alguns pontos de luz que indicavam a presença de propriedades no decorrer da estrada. Ele diminuiu a velocidade do carro até parar. Pegou o celular e conferiu algo, alternando o olhar entre a tela e a estrada à frente.

— O que foi? — perguntei. — Não me diga que está perdido.

— Não, não. Estou apenas conferindo as instruções pra chegar no local. É logo ali na frente.

Ele voltou a andar com o carro, dessa vez mais atento, em busca de algo. Eu também passei a olhar ao redor, sem saber exatamente o que deveria procurar. Quando ele fez uma curva mais acentuada, avistamos de longe um amontoado de carros estacionados e a movimentação de pessoas em uma propriedade rural.

— É bem ali. — Ele apontou para o sítio de onde vinha o som da música que ressoava alto.

Estacionamos junto a outros carros. Bruno desceu e, como um cavalheiro, abriu a porta para mim. A mão estendida para me dar apoio foi demais para meu coração balançado. Não hesitei nem por um segundo e uni nossas mãos, deixando que o braço forte dele me puxasse com gentileza.

Quando ele me soltou, eu ainda tentava estabilizar o frio que surgiu em minha barriga. Bruno fez como outras vezes e tocou nas minhas costas, me guiando para a entrada da propriedade. Uma porteira toda decorada com flores estava aberta com uma faixa em cima com os nomes escritos: Larissa & Gustavo.

— É um casamento? — perguntei assim que atravessamos a porteira e vi as pessoas mais adiante dispersas em mesas com um espaço aberto no centro.

— Pois é. — Ele tirou a mão das minhas costas e a passou na barba.

— Você me trouxe para um casamento onde eu não conheço ninguém? — Parei de andar, tentando raciocinar.

— Levando em conta que você morava em Inhapim, talvez encontre alguns conhecidos por aí. — Ele olhou as horas no celular. — Agora vem, ou vamos perder a entrada da noiva.

Eu ainda não sabia se achava a situação inusitada, engraçada ou desesperadora. Mas uma coisa era certa, se fosse qualquer outra pessoa ali comigo, dificilmente ela me impediria de dar meia-volta e retornar direto para casa.

Mas era Bruno. O sorriso fácil, o olhar cheio de expectativa e a forma natural com que ele conseguia transformar todas as situações em algo divertido me convenceram sem muitas dificuldades. Mesmo que isso significasse participar do casamento de alguém que eu não conhecia.

Respirei fundo, ajustei a alça da minha bolsa e assenti com a cabeça. Bruno voltou a me conduzir em direção ao local da cerimônia. Uma pessoa se aproximou e se disponibilizou a nos auxiliar a encontrar um lugar para a gente, avisando que estava acontecendo a entrada dos padrinhos.

Eu não sabia onde enfiar minha cara quando fomos acomodados em uma mesa com um casal mais velho. Eles nos cumprimentaram rapidamente e voltaram a atenção à cerimônia.

Avaliei as pessoas em busca de algum rosto conhecido, mas não encontrei ninguém. A festa estava acontecendo em um sítio e, apesar de simples, tudo estava bem arrumadinho. Havia um pequeno arco de madeira, sob o qual ficariam os noivos, e flores brancas naturais compondo a decoração.

Bruno espiou em volta com um brilho curioso nos olhos, parecia estar descobrindo algo novo. Ele me pegou o encarando, então sorriu.

— Bonito, né? Pessoal tem bom gosto. Ah, o noivo vai entrar.

O noivo entrou, depois as damas de honra e em seguida a noiva, todos ao som das músicas românticas típicas de casamento. Eu não fazia ideia de quem era o casal e me senti muito intrometida participando de um momento íntimo como aquele. Tentava me convencer de que estava ali acompanhando Bruno.

A cerimônia seguiu o roteiro tradicional: as palavras do celebrante, a troca de votos, as alianças e o beijo no final. Tudo exatamente como sempre acontecia em todo casamento que presenciei.

Assim que os noivos receberam a bênção final, o *buffet* foi liberado e os garçons começaram a circular entre as mesas. O casal que nos acompanhava se apresentou e, em poucos minutos, Bruno já conversava com eles como se fossem velhos amigos. Para minha sorte, alguns conhecidos deles os chamaram para se juntar à mesa, e acabamos sozinhos. Pude finalmente respirar um pouco mais aliviada, embora ainda parecesse um pouco demais pra mim.

— Você está bem? — Bruno perguntou.

— Levando em conta que eu sempre ganho o prêmio da que menos se divertiu nas festas da minha família, dá para imaginar como estou me sentindo.

Ele passou a mão pelos cabelos e fez uma careta.

— Acho que não foi uma boa trazê-la aqui, então. Se quiser ir embora…

— Sinceramente? — Puxei o ar, em seguida apertei os lábios, pensando o que fazer. — Eu quero ir embora porque não me sinto à vontade no meio de tanta gente que eu não sei quem é. Mas também não quero ir porque de alguma forma eu sempre acabo me divertindo com você.

— Olha pelo lado bom — ele falou sem tirar os olhos dos meus —, você não conhece ninguém, isso é um ponto positivo. Pode se divertir sem se importar com a opinião alheia.

— Pra você é fácil falar. — Deixei os ombros caírem.

— Eu te ajudo, se você tiver disposta. Podemos nos divertir juntos.

— Não sei, não…

— Ah, qual é, Gabi? Cadê a mulher que entra em caçambas e trabalha na obra de uma laje sem pestanejar? Se você é capaz de se divertir fazendo coisas estranhas, pode se divertir em uma festa.

Um garçom parou ao nosso lado com uma bandeja cheia de salgadinhos. Bruno pegou dois, depois de perguntar o que era para o rapaz.

— A vantagem é que aqui tem comida boa — ele disse quando me entregou os dois salgadinhos. — Pelo menos pra você, já que eu vou ter que vigiar o que vou comer para não correr o risco de ter uma dor de barriga aqui.

Comi os salgadinhos ponderando no que eu estava prestes a fazer.

— Bruno, você consegue me convencer a fazer as coisas mais estranhas da minha vida.

— E isso é ruim?

Neguei com a cabeça.

— Não, isso tem sido muito bom. Tem me tirado da minha zona de conforto.

Segurei o ar quando ele moveu a mão dele e colocou em cima da minha.

— Então tenho uma proposta pra te fazer.

022

ESPERO NÃO ME ARREPENDER DISSO DEPOIS

Bruno olhou para a mão dele em cima da minha e pareceu se dar conta do que tinha feito. Ele puxou a mão e sorriu.

— Que tal aproveitar a festa comigo, como se não tivesse que prestar contas a ninguém? — perguntou com uma expressão divertida.

Inclinei a cabeça para o lado e semicerrei os olhos.

— Estou falando sério. — Ele cruzou os braços em frente ao peito e se encostou na cadeira, numa postura mais relaxada. — Você só precisa curtir, deixar as coisas acontecerem.

— Bruno, não é assim que as coisas funcionam. Não é que eu não goste de me divertir. É só que…

Ele me encarava com um sorriso verdadeiro. Seria muito ruim se eu tentasse agir diferente do que estava acostumada? Será que eu poderia dar uma chance de experimentar as coisas do modo dele? Eu não sabia a resposta, mas resolvi me render, torcendo para não me arrepender depois.

— Tudo bem. O que você sugere?

— Dançar. Mesmo que o parceiro não seja lá grandes coisas.

— Não! De jeito nenhum.

Bruno se levantou e, com um gesto galante, estendeu a mão para mim.

— Senhorita.

— Não! — protestei, mas acabei me rendendo ao riso. Sem a elegância de uma *lady*, segurei a mão dele e me levantei, incrédula de que eu estava mesmo fazendo aquilo. — Você é maluco, sabia?

— Sabia — ele respondeu e soltamos nossas mãos. — Mas aparentemente você gosta disso.

— Que convencido!

— Culpa do blazer — ele falou e passou a mão pela roupa. — Me deixou com a autoestima elevada.

Tampei a boca para segurar a gargalhada. Ele conseguia me desarmar até nas situações mais desconfortáveis.

— Vem, vamos.

Um pouco relutante, segui ao lado dele para o espaço reservado para dança. Estava vazia, embora o DJ já estivesse conduzindo as músicas. Aparentemente as pessoas queriam comer primeiro.

— Podemos abortar a missão da dança? — perguntei, me sentindo aflita de repente. — Não quero ser o centro das atenções.

— Certo, certo. Podemos nos sentar ali. O que acha? — Ele apontou para alguns bancos em um espaço decorado. A maioria já estava ocupada por convidados, mas havia alguns vazios.

— Pode ser.

Durante o curto trajeto até nosso destino, Bruno cumprimentou ao menos três pessoas com animação. Isso me levou a pensar sobre o fato de ele não morar em Inhapim e estar em um casamento sem os parentes dele.

— Fiquei curiosa agora. Quem você conhece? O noivo ou a noiva? — questionei quando nos acomodamos em um dos bancos.

Bruno ergueu as duas sobrancelhas e travou os lábios segurando o sorriso.

— Nenhum dos dois — respondeu.

— Conhece algum familiar, então? — perguntei já suspeitando da resposta.

— Também não. Na verdade, dessa festa, só conheço você.

— Bruno! — deixei escapar mais alto do que gostaria. Me recompus e me inclinei para mais perto dele. — Estamos aqui de penetras?

— Não, não. — Ele coçou a barba. — Quero dizer, um pouco, talvez.

— Não é possível! Eu não acredito!

Ele riu e ergueu a mão direita.

— Em minha defesa, eu tenho o convite. Não era para mim, exatamente. Mas, sim, eu tenho o convite.

— Como assim?

— Meus tios foram convidados. Minha tia Karine é uma antiga amiga da mãe da noiva. Eles estariam aqui se ela não tivesse acordado com febre e muita dor de cabeça.

— Aí você achou por bem vir no lugar deles? E me trazer? — indaguei, perplexa.

— Sim. — Ele compreendeu a minha expressão e se embaralhou um pouco. — Não. Não foi assim. Meus tios pediram para meus primos virem e eles não quiseram, porque não conhecem ninguém.

— Aí você se disponibilizou?

Ele uniu as mãos e esfregou uma na outra.

— Achei que seria uma boa oportunidade de encontrar você e a gente se divertir um pouco. Gosto de casamentos.

Apoiei meus cotovelos nos joelhos e tampei o rosto com as mãos.

— Eu não consigo acreditar que estamos de penetras no casamento de pessoas que não conhecemos.

Aquilo era tão a cara do Bruno! Combinava tanto com ele que chegava a ser divertido. Ergui o tronco novamente, o encarei e comecei a rir.

— E se nos descobrirem? — perguntei.

— Não vão. Só não podemos cumprimentar os noivos juntos. E, por via das dúvidas, se perguntarem quem você é, diz que é filha do seu Alves. E eu vou falar que sou sobrinho do Antônio, do mercado. Dizer quem são nossos parentes sempre funciona. — Ele encostou o ombro dele no meu. — Vai, não fica assim. Não tem nada de errado nisso. Vamos nos divertir como combinamos.

Era absurdo. Chegava a ser ridículo. Mas havia algo envolvente naquela proposta. Olhei no fundo dos olhos dele buscando decifrar se ele correspondia aos meus sentimentos, como suspeitava.

— Se você quiser ir embora, a gente vai — ele disse, talvez estranhando a seriedade da minha postura. — Podemos encontrar outro lugar onde você se sinta mais confortável.

A verdade é que eu já tinha aceitado aquela loucura e ele não precisava falar mais nada para me convencer. Porém, saber que ele se preocupava em como eu estava me sentindo aqueceu meu coração.

— Eu espero não me arrepender disso depois — falei por fim.

— Boa garota! Vou me certificar de não te deixar arrependida.

Uma moça se aproximou com uma bandeja cheia de espetinhos de frango frito. Bruno pegou logo quatro de uma vez, deixando a garçonete um pouco sem jeito.

— É porque ele tem intolerância à lactose — expliquei a falta de modos do meu companheiro.

— Ah, entendo. — A moça lançou a ele um olhar compreensivo. — Meu irmãozinho também tem.

Pouco tempo depois chegou até nós um prato cheio de aperitivos sem leite, o que deixou Bruno muito feliz.

— Acho que a moça se solidarizou. Imagina se soubessem que nem convidado você é — brinquei.

Ele deu de ombros, como se nada mais no mundo importasse além daquela comida enviada especialmente para ele. Claro que eu também desfrutei das delícias servidas, afinal, se estávamos ali, eu deveria aproveitar tudo que tinha direito.

— Agora me conta — ele falou depois de esvaziar a boca. — Você gosta de casamentos? Dizem que as mulheres sonham com isso. Tipo, que vestido usar e tal... Só tenho um irmão ainda solteiro, não sei como funciona a mente feminina.

A pergunta me pegou de surpresa. Ponderei antes de responder, pois a resposta não era tão simples.

— Na verdade, não. Não costumo pensar muito nisso. Não gosto de criar expectativas sem ter certeza de que elas serão concretizadas. Não quero me frustrar.

Ele me encarou com súbita curiosidade.

— Como assim?

— Eu tenho quase vinte e nove anos, estou solteira até hoje e sei lá. — Pressionei meu ombro esquerdo e desci a mão pelo braço. — Conheço pessoas mais velhas que querem muito se casar e não aconteceu. Já vi situações em que a frustração levou outras a tomarem decisões erradas.

— Acho uma escolha sábia não ficar fantasiando antes da hora, se isso pode ser um problema. — Ele comeu mais um espetinho de frango. — Mas você pensa em se casar? Acho que a gente já falou sobre isso, mas não sei se você foi clara. Quero dizer, você deseja se casar um dia?

Uni as mãos em cima do joelho e fitei o chão.

— E se eu te disser que quero muito e tenho medo ao mesmo tempo? — Ergui o olhar a tempo de ver a dúvida estampada em seu rosto.

— Ué?

— Sempre foi mais cômodo aceitar que não tinha acontecido ainda porque Deus me queria solteira e porque não tinha achado o cara certo. Mas me dei conta de que eu também tenho medo de repetir o erro da minha mãe ou o da minha irmã, mas não queria admitir. Por isso passei a afastar rapazes e ver defeitos em todos.

Ele não disse nada, mas demonstrou estar interessado no assunto.

— Eu cresci em um lar dividido. Minha mãe ia à igreja, nos ensinava a Bíblia, enquanto meu pai ridicularizava a fé dela em várias ocasiões. Vi decisões importantes sendo tomadas sem um consenso, sem Cristo e Sua Palavra como direção. Um dizia que algo era errado, o outro dizia que não. Vi uma mulher se esforçando pra manter o casamento, mesmo com o marido ameaçando diversas vezes que deixaria ela quando se desentendiam. Vi o sofrimento da minha mãe e vivenciei o meu.

— Não deve ter sido fácil.

— Não, não foi. Eu só entendi mesmo a diferença quando fui passar uns dias na casa da minha amiga Lud, na adolescência. Eu nunca tinha participado de um culto familiar. Pude experimentar um pouco do que é uma família piedosa. As orações antes das refeições, o pai dela conduzindo todos a Cristo, pastoreando a esposa e os filhos... Tudo tão novo e tão... — Ergui as duas mãos e desviei o olhar por um instante. — Simples. E ao mesmo tempo tão grandioso.

— Acompanhei de perto algumas famílias da igreja com essa realidade. — Ele inclinou a cabeça de um lado para o outro. — Moro sozinho numa cidade sem nenhum parente por perto, então acabo sempre ganhando convites para almoçar com o pessoal. Então imagino como é e desejo muito ter a oportunidade de formar minha própria família nesses moldes.

— Sim, eu também não aceito menos do que isso. Não vou me render a um lar dividido, não vou me casar com um homem que não ame a Deus como eu. Quero alguém para compartilhar a verdade das Escrituras, o amor pelo Senhor, a gratidão por ter sido resgatada dos meus pecados. Não quero um lar como o dos meus pais.

Bruno concordou com a cabeça.

— Você está certa em pensar assim. É um pensamento bíblico.

— Eu sei.

— Mas onde entra o seu medo nisso tudo?

Suspirei e mexi as mãos no colo, organizando os pensamentos antes de responder.

— Quando eu era adolescente, eu e minha irmã compartilhamos da mesma decisão. Ambas convictas. E ela seguiu assim, até que um par de olhos verdes com uma boa lábia a convenceu de que esse princípio não era tão importante.

— Ah!

— O Mário, meu cunhado, é realmente diferente do meu pai em muitos aspectos. Ainda assim, a divisão continua lá, e eu vi minha irmã esfriar na fé e abrir mão, pouco a pouco, de coisas que antes eram importantes pra ela. Já minha mãe foi iludida pelo famoso "namoro evangelístico". Achou que meu pai estava mudando quando começou a ir à igreja com ela no começo do relacionamento. Mas, depois do casamento, as coisas mudaram mesmo, só que para pior. E ficou muito difícil quando a bebida passou a fazer parte da vida dele.

— Essa ideia de se relacionar para salvar uma pessoa é complicada demais, né? As pessoas se iludem muito. — Bruno esfregou a barba. — E olha só que engraçado. Após a minha conversão, quem mais me ajudou a entender a área amorosa, segundo as Escrituras, foi um irmão da igreja que, pasme, se casou em jugo desigual.

— Sério?

— Sim. Ele se apaixonou, ignorou tudo e todos, então começou a namorar. Mas, pela graça de Deus, ela se converteu. Ainda assim ele desce a lenha nessa prática. Diz que foi errado, arriscado, que se arrepende e que, se o Senhor não tivesse agido, nada do que ele fizesse teria resultado na esposa piedosa que tem hoje. Já me aconselhou tantas vezes a não seguir pelo mesmo caminho, a não tomar como regra o exemplo dele ou de outros relacionamentos nesses moldes que "deram certo".

Bruno parou por um segundo, franzindo a testa.

— Ele sempre citava algo que era mais ou menos assim: "Tem gente que sobrevive a queda de avião, até sem um arranhão, e claro que é bom quando isso acontece, devemos nos alegrar e tal. Mas isso não quer dizer que a gente tem que apoiar ou deixar de se opor às quedas de avião".

— Uau! Que profundo! As pessoas gostam de se apegar às experiências e arriscar o que não deveriam, né? Eu não quero apostar em algo incerto e que foge do padrão de se casar no Senhor.

— E isso faz de você uma mulher muito especial!

O olhar que recebi me deixou em dúvida se eu conseguiria continuar a conversa sem danos ao meu coração, que batia mais forte.

— Sobre esse assunto, eu acho que temos que ser cuidadosos, sim, mas também devemos confiar em Deus pra nos ajudar. Eu tive algumas namoradas, mas desde que me converti não me relacionei, justamente porque passei a ser cauteloso em seguir os princípios bíblicos. Mas isso não me impediu de me interessar por uma garota da igreja e de buscar me aproximar, enquanto orava pedindo direção. A princípio eu estava bem encantado. Então, percebi que ela não queria nada além das atenções que estava recebendo, por isso me afastei. Por que estou te contando isso? Para dizer que de alguma forma eu sei que Deus me deu um livramento, me ajudou a enxergar o que não era óbvio.

— Entendo. Passei por isso. Eu nunca namorei nem nada, mas também tive conversas com rapazes que terminaram em defraudação ou desilusão. Da mesma forma, enxergo como livramento, mesmo tendo sido difícil na época.

— A minha conclusão é que somos dois cristãos vivendo a difícil espera.

— Verdade.

Sorri, meio sem jeito, e por um instante nós apenas nos olhamos. Meu coração ainda batia acelerado, e só desviei o olhar quando percebi que podia acabar me entregando demais naquele momento.

— Enfim — fitei alguma coisa à minha frente —, chega de drama, né? A ideia não era nos divertirmos? Estou preparada.

Bruno abriu o sorriso, enfiou dois salgados dentro da boca, limpou as mãos e se levantou, empolgado.

— A pista de dança já está cheia. Vamos!

Bruno foi bondoso comigo e me fez encarar apenas uma dança. Ainda assim me fez rir muito com as demonstrações de seu desempenho como dançarino. Mostrou como ele dançava quando ia para a balada e ainda arriscou me ensinar alguns passinhos bregas que ele fazia em grupo.

Depois passeamos pelo local e descobrimos que tinha uma cabine que tirava fotos instantâneas. Entramos na fila e eu o convenci a fazermos poses inspiradas em *O Senhor dos Anéis*. Enquanto ele manteve as mãos como se estivesse empunhando um arco imaginário em seu papel de Legolas, eu usei meu anel para simular Frodo carregando o Um Anel. Demos boas risadas com o resultado, já que o espaço da cabine era pequeno e nos esprememos para caber ali.

A parte mais constrangedora e engraçada foi quando Bruno fez questão de ir cumprimentar os noivos. Eu demorei a aceitar, mas o acompanhei. A estratégia dele era nos aproximarmos quando o casal não estivesse junto, assim, diminuiríamos as chances de desconfiarem que não conhecíamos ninguém ali.

Eu quase morri de vergonha, mas cumpri com meu dever. Bruno ainda puxou conversa com o noivo, parecendo um conhecido que estava feliz em ver o outro casado.

Ao ir embora, eu tive certeza de que nunca tinha me divertido tanto e sido tão ousada como naquela noite. E tudo estava correndo bem, até chegarmos na minha casa.

Bruno desceu do carro para se despedir. Ele me pareceu um pouco ansioso quando me deu um abraço. Ignorei a curiosidade e disse adeus. Abri o portão, mas, antes de conseguir entrar, ele segurou meu braço.

— Espera! Eu preciso falar uma coisa.

Eu gelei dos pés à cabeça diante da expressão séria dele, cujos olhos procuraram os meus com determinação.

— Não quero parecer um dos rapazes que te iludiram no passado nem te deixar com dúvidas sobre minhas intenções.

Engoli em seco e olhei para a mão dele, que ainda segurava meu braço com delicadeza.

— Quero deixar claro o que estou sentindo, Gabi. Você é uma mulher incrível, como a mulher das minhas orações. Não consigo pensar em outra coisa desde que me sentei ao seu lado no ônibus. Sei que a gente se conhece há pouco tempo, e isso torna as coisas ainda mais doidas, mas eu estou muito certo…

Bruno esperou que eu o encarasse e provavelmente não interpretou a minha expressão de pânico, porque soltou com um sorriso:

— Eu quero me casar com você. — Ele me soltou e esfregou o rosto. Parecia aliviado. — É isso. Só consigo pensar que você é a pessoa certa.

Abri a boca e não consegui falar nada. Meu coração estava em disparada, minhas pernas tremiam um pouco. Meus pensamentos se tornaram confusos e eu não sabia o que dizer ou fazer diante do homem à minha frente.

Então, tomei a pior decisão de todas. Dessas decisões que a gente toma quando está com a adrenalina percorrendo as veias e o corpo reage sem pensar.

Entrei e fechei o portão sem falar nada.

23

COMO UMA GATINHA

Não sei exatamente quando me arrependi da minha atitude infantil e egoísta. Mas o arrependimento chegou ainda naquela noite, acompanhado de tantos sentimentos conflitantes que me levaram a chorar.

Eu sabia que muitas mulheres gostariam de estar no meu lugar: ver o homem por quem nutrem sentimentos confessando que ela é a pessoa com quem ele deseja construir uma vida. Isso deveria ter me deixado ainda mais feliz e apaixonada, mas a verdade é que entrei em pânico. Era ridículo, eu sei. Reconheci isso depois, quando me acalmei. Porém, não podia fingir para mim mesma que estava tudo bem.

Depois de orar e chorar para o Senhor, fui colocando tudo dentro de mim em ordem. Passei a analisar o que eu sentia e a situação como um todo.

Eu suspeitava que aquele momento chegaria alguma hora e deveria estar preparada para ele, mas eu não estava e sequer imaginava que seria tão rápido. Não tive capacidade emocional para lidar com uma proposta feita de forma tão súbita.

Quis colocar parte da culpa em Bruno, que, afinal, não me preparou para uma declaração tão direta. Ele deveria ter ido com mais calma, uma etapa de cada vez. Ele queria se casar comigo e já estava decidido. Era isso. Eu, por outro lado, estava confusa demais para lidar com essa informação.

Vivi um misto de alívio e decepção por não ter recebido nenhuma mensagem dele, nem de noite, nem pela manhã do dia seguinte. Não o culpava. Era bem possível que se encontrasse magoado e desorientado. Eu, no lugar dele, estaria.

Orei pedindo orientação e sabedoria a Deus antes de me levantar, torcendo para minha cara não estar tão ruim. Não adiantou muito. Mamãe me encheu de perguntas, questionando se eu estava bem e se havia acontecido alguma coisa. Não queria falar sobre o assunto, então culpei o cansaço, desviando a conversa para a chegada de Ceci e Davi para o almoço.

A presença da minha irmã e meu sobrinho me ajudaram a esquecer um pouco meus problemas. Naquela tarde em especial, Davi se mostrou muito cativado pela tia babona e quis ficar comigo o tempo todo. Senti que venci na vida quando ele recusou o colo da mãe para ficar no meu — apesar de suspeitar que a rede onde estávamos fosse o maior incentivo para a sua decisão.

Estava me balançando com Davi na rede ao som de músicas infantis quando a primeira mensagem de Bruno, desde nosso último encontro, chegou. Li pela notificação do celular.

Bruno Passageiro
Oi. Tudo bem? Acho que a gente precisa conversar.

Deixei o aparelho de lado e continuei cantando com meu sobrinho, temendo que minha irmã percebesse que eu tinha me desestabilizado. Mas Bruno não desistiu. Mandou mais uma, outra, outra e outra mensagem, a ponto de minha irmã me olhar com curiosidade devido ao tanto de notificações.

— Você não vai ver quem está te mandando esse monte de mensagem? — Ceci perguntou. — Deve ser urgente.

— Duvido muito que seja importante — desconversei e peguei o celular.

Abri a conversa de Bruno para poder silenciar as notificações de mensagens dele, mas já era tarde demais. Nelas ele avisava que estava a caminho da minha casa, já que a conversa não poderia ser por telefone.

Não tive tempo de reagir. A campainha tocou antes que eu digitasse qualquer resposta. Quis gritar quando minha irmã se levantou da escada e foi atender o portão.

— Oi, você deve ser a irmã da Gabi — ouvi Bruno dizer.

— Isso. E você é… — Ceci respondeu.

— Bruno.

— Ah, o Bruno da calha?

Como assim, Ceci sabe quem é o Bruno? O que mais minha mãe disse?

— Esse mesmo — ele respondeu com graça. — A Gabi tá aí?

Minha irmã deu um passo para o lado, dando passagem a Bruno, que até então estava fora do meu campo de visão. Ela apontou para mim e ele seguiu com o olhar até me encontrar. Ele deu um sorriso constrangido e eu fui salva por Davi, que colocou a mão no meu rosto e balbuciou algo, me obrigando a desviar minha atenção.

Ceci fechou o portão e convidou Bruno a entrar. Eu sabia que não poderia evitá-lo, mas torcia que ele fosse sensível e não falasse nada perto da minha irmã.

— Oi — arrisquei dizer quando ele parou na minha frente. — Não vi sua mensagem a tempo. Ia responder, quando você chegou.

— Imaginei. — Ele olhou para Davi e sorriu. — Seu sobrinho?

— Isso.

Para provar que Bruno atraía crianças, Davi estendeu os bracinhos em direção a ele, pedindo colo.

— Ah, fala sério! — Fiquei abismada ao ser trocada com tanta facilidade.

Bruno carregou Davi e fez algumas brincadeiras, arrancando gargalhadas do menino. Minha irmã observou a cena impressionada. Aproveitei para me levantar da rede.

— Você leva jeito com crianças — Ceci disse quando Bruno devolveu o filho para ela.

— Você não viu nada — comentei. — Ele conseguiu conquistar todas as crianças no chá da Thallyta.

— Ué, você foi ao chá? — Ceci ergueu as sobrancelhas.

Eu conhecia aquela postura da minha irmã. Curiosa e interessada.

— Meu primo era convidado. Acho que fui de penetra.

Bruno me lançou um olhar cúmplice e me forcei a sorrir, para tentar passar alguma mensagem subliminar de que, na verdade, eu não queria rejeitá-lo daquela maneira na noite anterior. Não sei se funcionou, mas ele não deixou minha irmã perceber que havia algo acontecendo entre nós.

— Coisas comuns no interior — ela respondeu. — Você é daqui?

— Não, moro em Ipatinga. Estou na casa dos meus tios.

— E como vocês se conhecem? — Ceci perguntou e eu quis esganá-la por ser atrevida e intrometida.

— Somos amigos — Bruno disse e me encarou, jogando a responsabilidade de contar mais ou não para mim.

— Os pais dele moram em Belo Horizonte — contei esperando que ela ficasse satisfeita com meias informações.

Minha mãe chegou na hora certa, interrompendo o interrogatório. Ficou feliz de ver Bruno lá e já o convocou para o café da tarde, prometendo fritar biscoitos de polvilho. Enquanto minha irmã e minha mãe conversavam sobre o horário que Mário chegaria e mais coisas do cardápio, me aproximei do Bruno.

— Eu ia te ligar mais tarde — falei. — Minha irmã vai passar o dia aqui, não tinha como ter privacidade.

— Ah, me desculpe. — Ele coçou a nuca. — Achei que você estava me evitando. Ou estava com raiva.

— Eu só estava confusa. Você me pegou de surpresa.

— Eu sei. Por isso vim aqui conversar.

Suspendemos nosso diálogo quando minha mãe se retirou após terminar a conversa com minha irmã. Ceci deixou Davi no chão e me pediu para olhá-lo enquanto buscava alguns brinquedos. Eu me sentei ao lado do meu sobrinho e chamei Bruno para fazer o mesmo.

— Eu fui precipitado — ele falou baixo, compreendendo que eu não queria que nos ouvissem. — Luto contra a impulsividade e ontem agi sem pensar. Eu tinha planos de me declarar, mas não da forma que fiz. Foi mal.

— Tudo bem. Eu preciso de tempo para processar as coisas. Foi tudo muito rápido. Fiquei perdida e acabei fechando o portão sem pensar. Desculpa. Deveria ter falado alguma coisa. Nem eu mesma me reconheci.

Davi engatinhou até o meio das pernas de Bruno e segurou nos braços dele para ficar de pé.

— Ele se parece com você — disse.

— Acha mesmo? Ou é só para me agradar?

— Acho. Tem seus olhos.

Bruno me encarou e mantivemos o olhar um no outro. Perdidos em meio a palavras que ainda precisavam ser ditas. Ceci voltou e encheu o chão de brinquedos.

— Então, Bruno, você é de que igreja?

Assim começou a entrevista, que durou um bom tempo. Minha irmã emendou uma pergunta na outra e só se deu por satisfeita quando Bruno passou a ficha completa, contando da igreja, trabalho, idade, família e mais um monte de coisa. Como ele não achava ruim conversar, ficou bem entretido com ela e com Davi, que aproveitou para brincar com o novo amigo.

— Se eu soubesse que teria uma dupla de babás hoje teria ficado em casa dormindo o dia todo — Ceci brincou.

— Eu disse que cuidava dele — respondi. — Você que não quis dormir.

Mamãe apareceu e pediu ajuda para colocar a mesa na varanda. Ceci se certificou de que Bruno cuidaria do filho e nós duas fomos para a cozinha. Eu sabia que seria apenas questão de tempo até ela falar alguma coisa.

— Casa com ele! — minha irmã declarou.

— Casar com quem? — mamãe perguntou com a testa franzida. — Com o Bruno?

— Vocês duas, parem!

— Ele é perfeito para você, Gabi — Ceci continuou. — E você poderá tomar banho em paz quando tiver filhos.

— Por isso você acha que eu devo me casar? — indaguei, perplexa.

— Vai por mim, você vai se lembrar disso quando tiver um filho. — Ceci abriu a porta da geladeira para pegar a manteiga, o leite e o queijo. Com as mãos já cheias voltou a me encarar. — Não me olha assim, é sério.

— Vocês estão namorando? — mamãe perguntou, tentando entender a conversa.

— Não, mãe. Isso é coisa da Ceci.

A cara da minha mãe era de frustração, o que me fez rir. Minha irmã colocou as coisas em cima da mesa e levou as mãos até os quadris.

— Você tem quase trinta anos e ele é um bom partido.

— Ai, não! Chega! — Ergui as duas mãos e olhei para cima. — Por favor, não.

Peguei xícaras e pratos e saí da cozinha antes que minha irmã continuasse com as indiretas superdiretas. Não queria mais gente dando opinião, tampouco falar sobre o assunto do qual eu ainda não tinha certeza.

Quando voltei, Bruno e Davi estavam jogando com a bola, rolando o objeto para lá e pra cá, gritando "Gol!" de tempos em tempos. Não resisti e, depois de deixar as louças na mesa, tirei uma foto. Eles estavam tão fofos juntos. Mandei em seguida por mensagem e o celular dele apitou de um modo diferente.

Um gatinho miando.

Bruno se deu conta do som e olhou para mim.

— O som do toque do seu celular é um gato miando?

Quando vi ele sorrir, sabia que tinha algo a mais ali.

— O som do seu toque. Assim sei que é você. — Ele deu de ombros e voltou a rolar a bola com Davi.

Me sentei outra vez ao lado dele no chão.

— Como assim, o som do meu toque?

— Ué, o som das notificações de mensagens e chamadas vindo do seu número é diferente. Eu faço isso quando preciso reconhecer as pessoas que quero atender rápido.

Davi rolou a bola para Bruno e esperou que ele comemorasse.

— Sua tia está atrapalhando a nossa partida. — Bruno piscou com um olho só para mim. — Aposto que ela quer saber por que eu faço questão de identificar que é ela quem está me chamando.

— Não quero. Só estou curiosa sobre o motivo do meu som ser um gato.

— Eu faço isso, uso som de animais. Minha mãe é uma galinha, meu pastor é uma ovelha. E você, um gato.

— Tipo uma escolha aleatória?

— Mais ou menos. Você me lembra um gato. Arisca, mas sociável com quem quer. Não gosta que invadam seu espaço, mas conquista as pessoas ao redor. Observadora e inteligente. Reservada, mas curiosa. É gentil e virtuosa.

— Certo, não preciso de mais respostas. Isso é muito a sua cara!

Bruno sorriu e continuou a jogar com Davi. Minha mãe e minha irmã chegaram trazendo a comida, e logo depois meu pai apareceu, chamando todos para a mesa. Mário veio um pouco mais tarde, fazendo meu sobrinho esquecer o novo amigo e correr para o colo do pai.

Tivemos uma refeição agradável com conversas leves. Ninguém mais insinuou nada sobre Bruno, apesar de ele ter sido o centro das atenções à mesa. Querendo ou não, era uma pessoa nova que tinha uma conversa agradável e exalava simpatia.

Não tivemos oportunidade de conversar em particular até a hora que ele se levantou para ir embora. Acompanhei-o até a saída e paramos na calçada de casa, do lado de fora do portão.

— Então, como a gente fica? — Bruno perguntou com certa cautela. — Não dá para voltar atrás e fingir que eu não disse o que sinto. Eu deveria ter sido mais cauteloso, mas não fui. Então preciso de uma direção, uma resposta. Não quero te pressionar, mas, se você quiser que eu me afaste, vou entender.

Ele cruzou os braços em frente ao peito e aguardou.

— Eu quero orar sobre isso. Você se importa se a gente conversar melhor depois?

— Tudo bem. Sem problemas.

— E a gente pode continuar conversando normalmente — completei.

— Certo.

Havia algo contido no jeito dele. Não era o Bruno extrovertido de sempre. Fiquei aflita, com o desejo de render a conversa até estar tudo bem entre nós.

— Eu vou embora amanhã de noite — falei.

— Imaginei. Eu tinha pensado em também ir no mesmo horário, para te fazer companhia, mas não sei se seria bom.

— Seria, sim. Seria bom. Quem sabe a gente conversa no ônibus? Quanto tempo daqui até Ipatinga? Uma hora?

— Pouca coisa mais.

Ele colocou uma das mãos dentro do bolso da calça jeans e continuou aguardando por algo que nenhum de nós dois parecia saber muito bem o que era.

— Estou me sentindo mal. Não quero te magoar, Bruno, mas também não quero me magoar.

— Você não precisa se preocupar com isso. Eu estava ciente de que poderia receber uma resposta negativa. Embora, confesso, acabei extrapolando ontem porque me iludi crendo estar sendo correspondido. Acho que julguei errado por…

— Você não… — Fechei os olhos e mordi a parte interna das bochechas. Ele tinha compreendido meu comportamento como uma rejeição. Não era justo o deixar acreditando que eu não estava envolvida também. Abri os olhos e suspirei, evitando encará-lo. — Você não julgou errado. Mas as coisas não são tão simples assim.

A postura de Bruno mudou completamente quando entendeu o que eu disse. Ele até tentou segurar o sorriso, mas não conseguiu.

— Gabi — ele me chamou até eu olhar dentro dos seus olhos. — Não se cobre, eu estou disposto a respeitar seu tempo e sua decisão.

— Obrigada. Isso é importante pra mim.

— Você já comprou sua passagem?

— Ia fazer isso agora à noite.

— Posso comprar pra você? Assim pego as poltronas uma ao lado da outra.

— Só se você me deixar ficar com a janela — respondi e sorri.

024

TÃO CERTO DE ALGO TÃO INCERTO

Eu sabia que precisaria falar com minha mãe sobre Bruno. Mesmo querendo postergar o assunto, não poderia deixar para contar pelo celular. Pouco antes de sair de casa eu a chamei no quarto e avisei que o assunto era sério. Para minha surpresa, ela não fez nenhuma insinuação, nem tentou me persuadir a abraçar a proposta que recebi.

Mamãe me aconselhou a ser cautelosa e pensar bem. Disse que eu não precisava de pressa, que uma decisão assim não deveria ser tomada sob pressão ou levada por pensamentos do tipo "estou ficando para titia". Ela deu sua opinião favorável a Bruno, mas reforçou que apenas isso não bastava. Quando me perguntou se eu estava interessada e eu falei a verdade, me orientou a orar muito e conversar intencionalmente com ele.

Na hora da despedida, antes de eu entrar no carro do meu pai, ela me abraçou e comentou:

— Estarei orando. Deus vai te direcionar e dar sabedoria. Tenho certeza. Independente da resposta, estou aqui. E, quando tiver uma oportunidade, vou conversar com seu pai.

— Obrigada, mãe. De verdade, isso é muito importante pra mim.

Saí de casa com um quentinho no coração. Agradeci a Deus, reconhecendo que aquele conselho era um cuidado do Senhor para acalmar minha alma e me ajudar a fazer a coisa certa.

Meu pai se despediu com um abraço rápido, e foi embora depois que viu Bruno me aguardando no ponto de ônibus.

Graças a Deus ele não fez nenhum comentário, apesar de seu olhar entregar que desconfiava de algo.

Bruno estava lá, com as mesmas bagagens de outrora e o sorriso cativante de sempre. Com um brilho apaixonado no olhar, se certificou de me abraçar de forma respeitosa, como um irmão em Cristo faria.

— Eu disse que não me atrasaria dessa vez — ele comentou, fazendo referência à conversa que tivemos pelo celular mais cedo sobre horário. — E não comi nada com leite, você não precisará se preocupar dessa vez.

— Bom saber. Eu não poderia te ajudar, de qualquer forma.

— Ah! Sobre isso… — Ele soltou uma das alças da mochila para abri-la e tirou de lá uma sacola da farmácia com algo dentro. — Aqui está. Não posso te deixar despreparada, né? Nunca se sabe.

Dentro da sacola tinha um pacote de lenços umedecidos da mesma marca que eu costumava carregar. Meu sorriso se abriu.

— Eu disse que não precisava pagar.

— Mas eu quis assim mesmo.

— Obrigada. — Ergui o pacote antes de guardar ele na minha bolsa.

Ficamos parados, olhando a rua na direção de onde o ônibus viria.

— Não é engraçado que a gente tenha se conhecido por causa de um papel higiênico? — Bruno perguntou com graça.

— Muito. Mas suspeito que você teria puxado conversa comigo mesmo sem dor de barriga.

Ele riu alto e concordou com a cabeça.

— Também acho. Seria mais forte do que eu. Mas ainda prefiro a história do papel higiênico. Tornou as coisas mais inusitadas e interessantes.

— Você me deixou muito constrangida naquele dia, de verdade.

Ele ergueu os dois ombros e cruzou os braços em frente ao peito.

— Vai me dizer que você nunca teve uma dor de barriga repentina?

— Nunca pedi a um desconhecido para me ajudar numa situação assim.

Ele abriu a boca para responder, mas desistiu. Desviou o olhar por um momento.

— O que você ia dizer?

— Nada. Prometi que ia me controlar e não dizer tudo o que sinto ainda. Estou tentando ser uma pessoa mais sábia e menos impulsiva.

Imaginei que seria algo relacionado a nós dois, então, mesmo curiosa, fiquei em silêncio. Voltamos a olhar a rua, impacientes pela chegada do ônibus. De alguma forma sabíamos que a conversa importante só aconteceria quando estivéssemos acomodados em nossas poltronas.

Falamos de algumas amenidades e sobre nosso devocional da manhã. Já estávamos colocando em prática o nosso combinado de compartilhar todos os dias nossa leitura.

O ônibus chegou um pouco atrasado. Bruno fez questão de me ajudar com todas as malas e me guiou até nossos assentos. Ele me orientou a sentar na janela com um sorriso e não aguardou nem sairmos da cidade para começar a falar.

— Então… — Ele buscou meu olhar. — Eu não julguei errado e você também está interessada. Mas disse que as coisas não são simples.

— Sim. É uma decisão pro resto da vida.

Ele acenou com a cabeça.

— Tudo bem, eu concordo. Mas tive tempo para te conhecer o suficiente e perceber que você é uma mulher especial com quem eu passaria facilmente o resto da minha vida.

— Bruno, a gente conviveu tão pouco tempo. Como pode ter certeza? Tem tanta coisa que você não sabe sobre mim.

Ele abriu a boca de modo exagerado.

— Espera! Quer dizer que você estava me enganando? Mentindo para mim sobre quem é e sobre seu amor a Deus? Era tudo um teatro?

— Claro que não.

O canto da boca dele se curvou com sutileza.

— Então sei o suficiente. O resto posso ir conhecendo com o tempo.

Meu peito apertou. Era difícil entender como alguém podia estar tão certo de algo tão incerto. Minhas emoções estavam em completa desordem. Ele franziu a testa sutilmente, o que me levou a crer que não era um movimento programado.

— Talvez você ache que sou eu quem está te enganando, fingindo ser o que não sou só pra te conquistar — ele supôs.

Apesar do assunto ser sério, achei engraçado, porque, de algum jeito, eu acreditava que ele era verdadeiro, mesmo morrendo de medo de estar enganada.

— Bruno, se tem uma coisa que você não consegue esconder é o quanto é transparente. Seria uma baita burrice fingir ser tão aberto e excêntrico só pra impressionar uma mulher.

— Então mulheres não gostam de homens excêntricos? — Ele alisou a barba sem tirar os olhos do meu. — Ou gostam?

— Não é sobre gostar ou não. É sobre você não seguir a linha do padrão masculino conquistador. Você foge do convencional. Só isso.

— E você gosta de que tipo de padrão? O convencional ou o excêntrico?

Ele perguntou com um tom de voz que misturava provocação e interesse. Tentei parecer no controle, entretanto, falhei miseravelmente. Bruno me pegava despreparada o tempo todo e sempre conseguia arrancar de mim o que queria.

— Você sabe que gostar nem sempre é o suficiente.

— Concordo. Mas o que falta, então? — Ele passou a mão pelos cabelos, depois ajustou os óculos. — Olha, Gabi, eu não quero te forçar a se abrir ou te convencer a me aceitar. Quero entender o que se passa, só isso.

Esfreguei o rosto com as mãos e soltei um murmúrio baixinho.

Por que a vida real não podia ser como uma comédia romântica, em que o casal se declara e tem a certeza de que viverá o resto da vida junto? Desse jeito conhecer uma pessoa e decidir se casar seria mais fácil.

— A gente é tão diferente — declarei e o encarei. — Agora tudo é bonito e tal. Mas e depois? Com a convivência e o passar dos anos, a realidade bate à porta. Como será quando essas diferenças se tornarem gritantes? Tenho medo de não saber lidar com elas.

— Sobre que tipo de diferenças você se refere?

— Ah, sei lá. Você é supersociável, eu não. Você é divertido enquanto eu sou uma porta. Você gosta de sair, não liga de ir de penetra nas festas e eu não preciso comentar como sou. Você já teve outras experiências amorosas, eu não faço ideia do que é ter um namorado.

Por um instante ele hesitou. Houve uma leve mudança no jeito de olhar, como se algo tivesse o atingido. Bruno ficou sério.

— Você se incomoda com o fato de eu ter tido um passado?

Eu já tinha feito essa pergunta a mim mesma desde quando percebi meu interesse. Reconheci que, até então, em meus planos mais secretos, aqueles escondidos no recôndito do meu ser, eu desejava me casar com um rapaz inexperiente como eu. Porém, conhecer Bruno me fez enxergar tudo com uma nova perspectiva. Ao ver o quanto ele havia se arrependido e demonstrava um desejo real de fazer as coisas diferentes, deixando para trás o passado pecaminoso, não me pareceu tão mal a possibilidade de abrir meu coração para alguém que fosse uma nova criatura, ainda que com um passado. Pecadores arrependidos mereciam uma segunda chance.

— Não vou mentir e dizer que me sinto confortável com isso. Mas não, não é algo que pesaria na minha decisão. Quem você é agora faz mais sentido pra mim.

— Eu daria tudo para voltar atrás e fazer as coisas diferentes, Gabi. Mas, infelizmente, não é possível, e quem eu fui sempre fará parte da minha história. Gostando ou não.

Ele continuou sério, com o olhar focado no assento à frente e as mãos inquietas no colo. Fiquei preocupada de que minhas palavras o tivessem atingido de um modo ruim.

— Eu não queria te chatear, nem jogar seu passado na sua cara. Me desculpe.

— Não, é só que... faz sentido você querer alguém que se guardou, como você. Eu entendo, de verdade.

Encostei minha cabeça no banco e fiz questão de manter meu olhar no dele.

— Seria muito egoísmo da minha parte se eu colocasse esse ponto como inegociável, não acha? Eu sou tão pecadora como você, fui perdoada, lavada no sangue de Cristo e feita nova criatura também. Eu acho que consigo lidar bem com isso, mesmo não sendo ideal.

— Se eu tivesse qualquer resquício de dúvida em relação a você, teria desaparecido agora — ele falou com firmeza e convicção, mas usou um tom mais leve em seguida: — Não somos tão diferentes assim, no fim das contas.

— Somos sim, Bruno. E você sabe que pode ser um problema no futuro.

Ele ergueu as duas mãos, em rendição.

— Tá, vamos colocar seus pensamentos em ordem. Seu problema é não ter certeza e se preocupar porque somos diferentes? Apenas isso ou ainda tem medo de estar enganada em relação a mim?

— Suas perguntas são muito perigosas — brinquei. — Medo, sempre terei. Meu coração, e o seu também, é enganoso e corrupto. Você sabe disso. Vou sempre desconfiar de para onde ele se inclina. Meus sentimentos não são confiáveis.

— Mas e pela razão? Você tem dúvidas do meu caráter?

Pensei nos últimos dias e na postura de Bruno. Se a árvore era conhecida pelos frutos, eu havia encontrado vários frutos de piedade brotando nele.

— Não. Eu acho que você realmente ama a Deus e não fala apenas da boca pra fora. Me deu algumas provas disso.

— E pensamos parecido nas questões doutrinárias e da vida cristã também?

— Sim.

— Então o primordial está aprovado?

— Acho que sim.

— Isso é bom.

Houve um momento de silêncio. Repassei as nossas últimas falas e cheguei à conclusão de que nunca teria previsto passar por uma situação assim com um pretendente.

— A gente tá mesmo conversando sobre isso? Você está me fazendo perguntas sobre você mesmo e sobre a possibilidade de a gente ficar juntos? Quero dizer, está parecendo um aconselhamento, só que feito pela pessoa errada.

Bruno passou a mão no cabelo.

— Desculpa — pediu. — Só quero te ajudar a clarear os pensamentos. Prometo não tentar interferir na sua decisão. Mesmo que ela seja ruim pra mim.

— Mesmo que você tentasse não conseguiria.

— Quer apostar?

— Não, sem apostas, por favor.

Ficamos nos encarando, apenas apreciando o momento.

— Posso te fazer uma pergunta difícil? — ele questionou com gentileza.

— Tenho medo de dizer que sim, mas ok. Faça. É pra isso que estamos conversando, né?

— Você tem medo de se casar, né?

Eu me calei e a resposta se tornou óbvia.

— Posso te falar algo?

Concordei e engoli em seco, tendo certeza de que seria atingida pelas palavras dele.

— Você não está condenada a ter um casamento como o dos seus pais ou a repetir os erros da sua irmã. Entendo as dificuldades que passou e ainda passa, mas isso não define seu destino. Você pode, e deve, construir algo diferente. Não fique presa a esse medo. Por favor, não deixe seu coração se fechar. Você é uma mulher incrível, sério. Merece viver um amor de verdade, com Cristo no centro.

Eu tentei não chorar. Tentei mesmo. Odiava me mostrar vulnerável na frente das pessoas, e piorava ainda mais por ser Bruno quem estava ali do meu lado. Mas, no fundo, não era isso que a gente desejava? Se conhecer de verdade? Eu queria que soubéssemos quem éramos, com todas as falhas e dificuldades, para poder escolher com consciência. Então, era melhor assim.

As lágrimas escorreram silenciosas. Ele pôs a mão sobre a minha no braço da poltrona, e o toque me passou segurança, como nunca tinha sentido antes. Quis muito dizer que estava disposta a construir uma vida com ele, mas o medo ainda se fazia presente e acabou falando mais alto, abafando os sentimentos românticos.

Bruno foi sensível. Abriu o braço e me acolheu. Isso me fez refletir sobre a essência do amor cristão. Me lembrei de Eclesiastes 4:9-11. Ter alguém do lado que te estende a mão quando você cai, que te aquece quando sente frio. Era sobre isso. Não sobre sermos perfeitos, mas sermos companheiros amorosos nas adversidades.

Mais calma, me ergui e limpei o rosto. Bruno ainda continuou segurando minha mão até se certificar de que eu estava bem mesmo. Olhei ao redor para ver se algum passageiro tinha visto aquela cena dramática e fiquei aliviada por não perceber nenhum olhar ou indício de que estávamos sendo observados.

Peguei a garrafa na bolsa e tomei um pouco de água. Puxei o ar e forcei minha expressão a mudar. Quando voltei a olhar para Bruno ele estava lá, calmo e paciente, aguardando eu me recompor. Então entendi que ele esperaria o tempo que eu precisasse para dar uma resposta.

— Estive pensando numa coisa — ele declarou. — Será que os pinguins têm crises existenciais ou só aceitam que deslizar no gelo é o seu propósito de vida?

Tampei a boca com a mão, mas a risada explodiu entre meus dedos. Só Bruno conseguia me levar do choro à gargalhada em segundos. E pior que a cada dia eu gostava ainda mais desse jeito dele.

— Que bom que você riu. Da última vez que falei algo parecido com minha mãe quando ela estava nervosa, acabei apanhando. Consegue imaginar? Um homem feito, desse tamanho — ele apontou para o próprio corpo —, apanhando da mãe?

— Você deve ter merecido — declarei e ri ainda mais imaginando a cena.

— Pensei que você estava do meu lado, Gabi.

Dei de ombros.

— Quem sabe?

Observei Bruno passar os dedos pela barba e brincar com os pelos, que estavam maiores do que quando o conheci. Ele tinha essa mania, e eu já gostava dela.

— Acho que você entendeu por que as coisas não são simples — falei, por fim. — E eu preciso de tempo para orar, pensar e enfrentar tudo isso.

— Tudo bem. Estou disposto a esperar. E quero orar também. No que precisar, Gabi, conte comigo.

— Obrigada.

Combinamos de esperar um mês antes de voltar a conversar sobre o assunto. Durante esse tempo, continuaríamos nos falando como amigos. Bruno prometeu, antes mesmo de eu pedir, que não faria nenhuma insinuação romântica e manteria a postura de irmãos em Cristo. Eu aproveitaria o feriado dali a um mês para voltar para Inhapim, então nos encontraríamos para tomar uma decisão.

Nossa despedida, dentro do ônibus parado na rodoviária de Ipatinga, foi rápida. Ele me deu um abraço, se levantou e antes de descer me avisou:

— Comprei a minha passagem até Belo Horizonte pra garantir que ninguém se sentasse do seu lado e você pudesse viajar tranquilamente. Vou te mandar a passagem aí no seu telefone, caso precise. — Ele me deu o último sorriso e acenou. — Se cuida.

Naquele mesmo instante, eu orei a Deus em relação a nós dois. E dessa vez não foi pedindo para ele sair do meu coração, mas para o Senhor me confirmar se eu estava certa.

025

UNIDOS ELES SUSTENTAM ESTRUTURAS INTEIRAS

Sempre gostei do meu aniversário. Era uma tradição minha comemorar a data, fosse com amigos ou sozinha. O importante era não deixar passar em branco. E precisava ter coisas gostosas para comer, claro.

Naquela quarta não teria sido diferente dos outros anos, se Bruno não tivesse insistido muito para me encontrar mais cedo. O jeito seria pedir um *delivery* enquanto a gente se falava por chamada de vídeo.

Aliás, era algo que fazíamos sempre desde meu retorno. Conversávamos todos os dias, sem exceção, tanto por mensagens como por ligação. Evitamos a todo custo mencionar o nosso possível relacionamento, como nos propusemos. Essa conversa ficaria para o dia do nosso reencontro, dali a pouco mais de uma semana. Entretanto, tratamos de diversos outros assuntos. Eu não sabia que era possível falar sobre coisas tão diversas com uma só pessoa até conviver com Bruno.

Pensar nisso fazia meu estômago embrulhar. A cada dia eu gostava mais e mais dele. Apreciava sua companhia de um jeito que até então nunca tinha experimentado com ninguém. Ao terminar nossas ligações, eu tinha certeza de que daria uma resposta positiva. Porém, passado algum tempo, a dúvida voltava a me corroer, e o medo de estar tomando uma decisão precipitada retornava.

Tivemos alguns pequenos desentendimentos também. Nada grande, mas que comprovavam minha suspeita de que nossas diferenças, uma hora ou outra, gerariam atritos entre nós. É verdade que conseguimos nos resolver todas as vezes que havia desavenças por algum motivo, mas ainda assim eu tinha medo caso as coisas se tornassem mais sérias e reais.

Dulci acompanhava todo meu drama romântico de perto e queria me bater em alguns momentos. Para ela era simples: não havia dúvidas de que Bruno era o cara certo para mim. Minha amiga puxou minha orelha diversas vezes, me garantindo que eu estava fantasiando alguém perfeito e que se encaixasse completamente no meu jeito de ser. Ouvi vários sermões sobre abrir mão do enredo de romance criado em minha cabeça e para abraçar de vez a ideia de que Bruno era um homem piedoso, cristão, pecador e falho.

Minha mãe não falava muito sobre o assunto. Apenas perguntava como estávamos e garantia que continuava orando por nós. Eu dava respostas curtas e genéricas, embora atualizasse ela do quanto a gente conversava e tudo o mais. Eu sabia que o ideal seria envolvê-la, mas não fui capaz. Apesar de ela ser uma mãe presente que nos instruiu em muitas coisas no caminho do Senhor, esse assunto nunca foi tratado entre nós. Não me recordo de ela falar abertamente sobre relacionamento quando era mais nova, e isso me travava.

Meu pai soube da minha situação pelos lábios da minha mãe, mas, como previ, não quis se envolver. Falou para ela que a decisão era minha, mas comentou sobre seu apreço por Bruno. Isso me assustava um pouco, porque não sabia como ele reagiria a um pedido de namoro com intenção clara de um casamento, levando em conta que não recebeu meu cunhado pessoalmente.

A verdade era que eu não tinha certeza se ia mesmo aceitar. Talvez não devesse me preocupar com o futuro ainda incerto.

Mas quem eu queria enganar? Bruno era, sim, a resposta às minhas orações. Seria possível que Deus tivesse orquestrado nosso encontro apenas para me tratar? Me mostrar o quanto eu era orgulhosa, preconceituosa, medrosa e fechada? Para depois simplesmente tudo acabar?

Certo, era uma possibilidade, não é? Poderia acontecer. Já tinha escutado sobre casos assim. Poderíamos ter errado em deixar os sentimentos aflorados. Precisava continuar sendo racional, porque meu coração já estava rendido.

Porém, era meu aniversário. Eu podia ficar feliz em conversar mais tempo com ele e fingir, por um instante, que era mais simples do que supunha. Por isso, assim que o expediente acabou, me despedi de todo mundo e saí mais rápido do que de costume. Conferi as horas no celular quando o elevador fechou as portas, calculando se eu deveria chamar um carro de aplicativo em vez de pegar ônibus. Assim teria tempo de tomar um banho, me arrumar com calma e escolher algo para comer sem pressa.

Mas meus planos foram por água abaixo no instante em que atravessei a porta do saguão do prédio onde eu trabalhava. Pisquei algumas vezes para me certificar de que estava enxergando bem e era mesmo Bruno quem estava me aguardando. Ele sorriu quando me viu.

— O que você está fazendo aqui? — perguntei antes de chegar até ele.

— Como é bom ser recebido por você assim! Sempre tão atenciosa! — brincou.

Ele abriu os braços, e eu não hesitei em apressar os passos para abraçá-lo. Queria que aquele momento durasse uma eternidade, mas acabamos nos afastando antes que eu estivesse pronta.

— Feliz aniversário, Gabizinha.

Eu queria só poder expressar minha alegria de ter ele ali comigo, mas a razão falou mais alto.

— A gente não ia se encontrar só semana que vem?

Ele passou a mão na nuca, depois na barba.

— Então, sim. Mas acontece que preciso conversar com você e achei melhor fazer isso de uma vez.

Por um instante, o mundo pareceu desacelerar. Observei a expressão de Bruno e não encontrei nenhum sinal do seu sorriso envolvente. Ele estava sério, o que só podia significar que o assunto também era.

Qual a chance de ele ter ido até lá, justo no dia do meu aniversário, só para dizer que tinha mudado de ideia? Que não queria mais seguir com... fosse lá o que existia entre nós?

Tentei não me deixar levar por suposições negativas, mas a dúvida já tinha se instalado e jogado um balde de água fria na minha alegria.

— E precisava vir? Não dava para falar pelo telefone? — sondei.

— Não, o que tenho para falar precisa ser ao vivo. Não quero causar nenhum desentendimento por não conseguir me expressar direito.

Ele parecia um pouco nervoso, o que afundou meu coração no peito. Seria assim o fim da possibilidade de me casar antes dos trinta anos? Não consegui esboçar nenhuma palavra. Fiquei inerte, esperando o mundo cair.

— Você quer dar uma volta? — ele perguntou e dessa vez sorriu. — Pensei em sair para comer algo. Eu estou de carro.

Bruno tirou a chave do bolso e balançou ela na frente do rosto.

— Pode ser...

Ele me encarou.

— O que foi? — perguntou.

Sem saída, olhei para meus pés e depois ergui a cabeça com um sorriso forçado.

— Eu estou de uniforme e precisando de um banho.

— Ah, claro! — A expressão dele suavizou e ele sorriu outra vez. — Posso te levar em casa e esperar enquanto você se arruma.

— Bruno, eu moro sozinha, não vou deixar você subir pro meu apartamento, me desculpe.

— Ei! Você acha que eu sou esse tipo de cara? Vou aguardar no carro, lógico.

— Tudo bem, então.

Ele apontou para onde o carro estava estacionado e caminhamos lado a lado. Por mais que eu quisesse, não conseguia parar de pensar que meu coração estaria despedaçado em algumas horas. Não havia outro motivo para ele querer falar comigo. Pelas minhas contas, ainda faltavam onze dias para o fim do tempo que pedi para dar minha resposta.

— Você está bem? — ele perguntou assim que chegamos em frente ao automóvel. Notei que não era a caminhonete dele, o que fazia sentido, já que ela era muito velha para arriscar pegar a estrada, como me explicou uma vez.

— Só um pouco cansada, nada demais. Hoje o dia foi bem puxado.

Nós entramos no carro e ele me olhou algumas vezes antes de ligar a ignição. Eu era realmente péssima para esconder meu desconforto.

— Se você não quiser…

Virei meu corpo de modo a encará-lo e cruzei os braços em frente ao corpo.

— Bruno, você veio me dizer que não quer mais continuar com isso que está rolando entre a gente? Que mudou de ideia? — disparei de uma vez. Não aguentaria ficar esperando por respostas no escuro. — Porque, se for, prefiro que diga de uma vez.

— Gabi, você tá maluca? — A surpresa dele era nítida. — De onde você tirou essa ideia?

— Sei lá. — Dei de ombros, sentindo um frio na barriga, agora de alívio. — Você aparece do nada, antes do combinado, falando que precisa ter uma conversa séria e urgente. Queria que eu pensasse o quê?

— Eu seria um completo babaca se escolhesse o dia do seu aniversário pra fazer isso, né? — Ele riu. — É seu dia, você é alguém especial. Vim pra te ver.

Soltei meus braços e relaxei os músculos do corpo.

— Então o que você quer tanto conversar?

— Aqui não é lugar para isso. Presta atenção, minhas intenções continuam as mesmas. Não se preocupe. — Ele me esperou confirmar com a cabeça e, após um suspiro curto, me entregou o celular dele desbloqueado. — Coloca seu endereço aí, por favor.

Digitei o endereço no Waze e apertei para iniciar a navegação pelo trajeto mais rápido. Bruno colocou o cinto de segurança e deu partida no automóvel seguindo as instruções dadas.

— De quem é esse carro? — perguntei ao notar que estávamos muito quietos, o que me deixava um pouco constrangida pelo assunto abordado anteriormente.

— Um amigo meu está vendendo por um preço muito bom. Como eu demonstrei interesse em comprar, ele me emprestou. Falou para eu fazer um *test drive* e ver como é econômico e confortável. Está tentando me convencer a todo custo.

— Mas e a caminhonete? Vai vender?

— Não, de jeito nenhum. Ela tá velha, mas é minha companheira de guerra. Tenho outros planos pra este carro.

Eu não entendia muito de veículos automotivos, mas dei uma analisada nele. Não era chique como o carro do meu tio, mas também não era antigo e simples como o do meu pai. Era um meio-termo, talvez. E, de fato, era espaçoso e confortável.

— Você não ia dar entrada em um apartamento?

— Pretendo também. Como a ideia dele é trocar parte do valor por serviço, acho que consigo pagar o restante e manter meu plano. Mas ainda não estou certo. Vai depender do rumo que a minha vida vai tomar.

Ele deu uma espiada em mim e compreendi a indireta. As decisões dele dependiam da minha resposta, pelo visto. Senti uma pressãozinha no ouvido de repente.

— Como foi o trabalho hoje? Menos estressante? — ele perguntou, desviando do assunto.

Passamos o restante do trajeto atualizando sobre nosso dia: eu sobre o trabalho e ele sobre a viagem. Apesar do susto inicial e do pequeno momento de constrangimento, eu logo fiquei à vontade outra vez. Bruno conseguia me tirar da zona de conforto e me fazer falar com facilidade. Isso era um baita ponto a favor dele.

Chegamos no meu apartamento e ele me disse que não precisava ter pressa, poderia me arrumar com tranquilidade. Ainda assim, fiquei um pouco aflita de deixá-lo esperando e tentei ser rápida. Porém, não abri mão de fazer uma maquiagem e experimentar ao menos quatro peças de roupas e acessórios diferentes até escolher aquela com a qual me senti mais bonita.

Eu poderia ter dado a desculpa de que era meu aniversário, por isso me arrumei tanto. Mas não, eu queria mesmo era causar uma boa impressão. Queria estar bonita ao lado dele.

Ri para mim mesma em frente ao espelho, pensando em quão louco era estar apaixonada. Não havia outra explicação. Dei uma volta, analisando todos os ângulos do vestido que escolhi, e fiquei satisfeita com o resultado. Feminina, bonita e elegante.

Mandei uma mensagem avisando que já estava descendo. Fiz uma oração, pedindo a Deus direção e sabedoria. Entrei no elevador com frio na barriga, pois a seriedade da situação me deixava nervosa. Tudo naquele momento tinha um ar de encontro romântico. Era a primeira vez na vida que eu saía para algo assim. Eu nem sabia como me comportar.

Como crentes que estão interessados um no outro, mas ainda não namoram, fazem para sair juntos?

Eu não fazia a menor ideia da resposta.

Um misto de expectativa e ansiedade me dominava quando me reencontrei com Bruno. Ele ficou parado por um minuto, apenas me encarando. Hesitei, questionando se havia exagerado demais na produção.

— Com todo o respeito, Gabi, mas o cara que se casar com você será muito sortudo. Você está linda.

Minhas bochechas coraram na hora, bem no estilo mocinha de romance juvenil. Me senti uma tola por reagir daquele jeito e ainda mais constrangida ao perceber que ele estava observando tudo.

— Obrigada. Acho que exagerei um pouco, né?

— De jeito nenhum. Está perfeita. — Bruno apontou para o carro. — Podemos ir?

Dentro do carro, após um momento de discussão, resolvemos ir para uma churrascaria, já que nós dois compartilhávamos o gosto por carne.

Durante o trajeto, e até nos acomodarmos na mesa escolhida, fiz de tudo para não agir de modo estranho. Não queria pensar naquilo como um encontro, mesmo tudo dizendo que era, sim, um encontro. Tentei focar na ideia de um jantar com um amigo para comemorar meu aniversário, e só.

Um garçom nos recebeu, explicou como funcionava o rodízio e nos deixou à vontade. O tempo passou com a gente comendo e interagindo naturalmente, como em outras ocasiões. Foi divertido. Como Bruno sempre fazia ser. Sempre.

O jantar chegou ao fim e, ao contrário do que eu pensei, apesar da atmosfera romântica, não houve uma palavra ou atitude que ultrapassasse o limite da amizade... até ele pagar a conta e me levar a um banco no jardim externo do restaurante.

Bruno pediu para eu esperar, foi até o carro e retornou com uma caixinha que me fez segurar o ar por um segundo. Não era um porta-joias, como parecia a princípio, mas uma caixinha de papelão com um laço rosa ao redor.

— Feliz aniversário! Não poderia deixar você sem presente, né?

— Obrigada. Eu ia dizer que não precisava, mas seria só da boca para fora. Posso abrir?

— Por favor.

Os olhos dele brilhavam de expectativa enquanto eu soltava a fita. Sei disso porque várias vezes ergui o meu olhar para encará-lo. Abri a tampa da caixa e o que havia dentro me fez rir.

— O que é isso? — perguntei tentando entender o presente inusitado.

— Um parafuso e uma porca — ele respondeu como se fosse explicação o suficiente.

Tombei a cabeça e semicerrei os olhos.

— Eu sei que é um parafuso. Mas qual o significado?

Peguei os dois objetos metálicos dentro da caixinha e coloquei na palma da minha mão.

— Esse parafuso veio da caçamba que exploramos juntos.

— Fala sério! Você está me dando um presente que achou no lixo?

Bruno ergueu o dedo indicador, com a expressão séria.

— Há um significado por trás. Me deixa explicar.

Ele ajeitou a postura e pigarreou, pronto para contar uma história importante.

— Era uma vez um parafuso velho e solitário perdido numa caçamba. Ele já tinha passado por muita coisa. Viveu boa parte da vida numa caixa de ferramentas, cercado de outras peças: porcas, arruelas, parafusos… Mas nunca encontrou uma que se encaixasse nele.

Eu abri a boca pra soltar uma piada, mas ele me cortou com um olhar firme. Murmurei um "desculpa" e fiquei quieta. Bruno pegou o parafuso da minha mão.

— Ele esperou. Muito tempo. Até ser jogado fora, como se não tivesse mais utilidade. Mas aí, um dia, dois malucos vasculhando uma caçamba encontraram a sacola onde ele estava e resolveram levar ela pra casa. Uma faísca de esperança reacendeu dentro dele. Quem sabe, talvez, finalmente, pudesse encontrar a peça certa.

Ele ergueu o parafuso na altura do meu rosto.

— Acontece que eu também tenho uma caixa de ferramentas. E, quando cheguei em casa e fui mexer nos pregos e parafusos dentro da sacola, acabei encontrando esse carinha aqui. Um M6, cabeça Allen. Forte e confiável. O tipo que aguenta peso. Percebi que ele estava sozinho e precisava de uma porca, mas na medida exata pra se encaixar. — Fez uma pausa, olhando pra mim. — Consegue adivinhar o que aconteceu?

Segurei a porca com os dedos, meio cética, e coloquei ao lado do parafuso.

— Você encontrou a porca ideal — falei.

— Exatamente. Uma M6 compatível. Foi quando algo interessante passou pela minha cabeça.

Bruno pegou a porca da minha mão e posicionou as duas peças lado a lado.

— Eles parecem diferentes para você?

— São diferentes, óbvio.

— Pois é. E tem um motivo pra isso. O parafuso tem um formato, a porca tem outro — falou com calma, girando as mãos no ar, simulando o movimento de encaixe. — Mas, quando você junta os dois — ele rosqueou as duas peças —, se conectam. Perfeitamente.

— Sério? — Fiz graça, rindo da encenação toda. — Qual a grande lição disso tudo?

Bruno me encarou com um olhar firme, mas terno. Me devolveu as peças e, quando segurei, manteve a mão sobre a minha.

— Você não vê, Gabi? Eles são completamente diferentes. Formato, função, jeito. Mas, juntos, são perfeitos. Um completa o outro. Sabe por quê? Porque foram feitos pra isso. Separados, não servem pra muita coisa. Mas, unidos, sustentam estruturas inteiras. Com cada um sendo exatamente como é.

Minha ficha caiu. Ele estava falando da gente.

— Talvez eu não seja exatamente o cara que você imaginava. Mas sinto que, assim como o parafuso e a porca, a gente se completa. Nossas diferenças nos aproximam e nos moldam pra sermos mais parecidos com Cristo. Somos diferentes, mas juntos podemos servir ao Senhor com nossos dons e qualidades e ajudar o outro em suas dificuldades. Isso não precisa ser um problema.

— Eu sei.

E eu sabia mesmo. A analogia não poderia ter sido mais certeira. Dulci estava correta quando disse que eu fantasiava um padrão de homem que construí por medo. Na minha cabeça, se ele fosse perfeito como projetei, não teríamos brigas, discussões, e eu estaria sempre segura.

Mas era uma ilusão, apenas isso.

— Eu quero ser a pessoa que ora com você antes das refeições — Bruno continuou, com a voz carinhosa. — Quero compartilhar meu devocional, discutir a mensagem do sermão depois da igreja, realizar o culto doméstico ao seu lado. Quero te dar a oportunidade de ter um lar cristão, com Cristo no centro, como você sonha, Gabi. E acredito que podemos fazer isso juntos, porque no principal somos iguais.

Tudo era tão lindo e intenso que eu não consegui reagir. Como algo podia ser mais romântico do que aquilo? Nenhuma declaração de amor de livros poderia se comparar às palavras ditas por Bruno. Chegava ao nível do que Arwen disse para Aragorn: "Prefiro passar uma vida com você do que enfrentar todas as eras deste mundo sozinha".

— A gente tinha combinado de conversar no feriado — foi a única coisa que consegui dizer.

Bruno abriu a boca, depois fechou. Soltou a minha mão e, como de costume, alisou a barba.

— É, mas eu não aguentei esperar mais — ele respondeu com cautela.

Guardei o parafuso, agora unido à sua porca, dentro da caixa e a fechei. Deixei o embrulho de lado e encontrei outra vez o olhar dele.

— Você está querendo economizar no presente?

Ele franziu a testa.

— Eu não quero começar a namorar no dia do meu aniversário. Além do mais, você precisa falar com meus pais antes.

— Eu pretendo falar com… — Ele parou e inclinou a cabeça. — Espera, isso é um "sim"?

— Significa que seu discurso do parafuso e da porca foram muito convincentes. Talvez você possa ter esperança caso consiga uma autorização dos meus pais. Porque um "sim" oficial, você só terá no dia combinado.

Acho que eu disse o suficiente, porque o sorriso de Bruno se abriu e sua alegria se espalhou por todo o rosto, até chegar aos olhos. Porém, quis aumentar a felicidade dele.

— Mas também preciso te informar que meus pais consideram você um bom partido.

— Meus pais querem muito te conhecer. Meu irmão, então, não consegue acreditar que arrumei uma pretendente em uma viagem. Pretendo ficar aqui até domingo. Se estiver tudo bem para você, queria te apresentar lá em casa.

— Seria bom. Dizem que as mães costumam contar coisas constrangedoras dos filhos em ocasiões assim. Se bem que não preciso disso, seu Instagram já faz esse papel.

Ele concordou e riu. Ficamos nos encarando, meio perdidos em como conduzir aquilo dali em diante.

— Você se importa se eu ligar pros seus pais? Não sei, estou me sentindo culpado de não ter feito isso antes.

— Meu pai não te receberia de qualquer forma, não se preocupe. Não sei nem se atenderia a ligação. Mas você pode tentar. — Dei de ombros. No fundo eu queria que desse certo e meu pai desse a benção dele oficialmente para Bruno. — Minha mãe vai ficar feliz. Ela tem orado por isso e me apoiou. Acho que, indiretamente, tenho a autorização deles.

Com a esperança renovada, ele pegou uma das minhas mãos e a cobriu com a dele.

— Desculpa, mas eu preciso dizer isso. Talvez não deveria ainda, mas não consigo guardar mais: eu te amo, Gabi. Tenho te amado há um tempo e estou muito apaixonado. Não consigo parar de pensar em tudo que aconteceu e o quanto você é a resposta das minhas orações. É isso. Encontrei um tesouro e não quero mais deixá-lo. Nunca mais.

Se tinha como me sentir mais aquecida e feliz do que me encontrava naquele momento, não saberia dizer. Havia algo quase mágico no ar. O amor que se manifestava ali, ainda como uma sementinha pequena e frágil, esperava pela terra fértil e adubada do casamento para brotar e crescer em graça.

Tomada pelo calor da emoção, apertei a mão dele e sorri.

— Talvez eu também não devesse dizer agora, Bruno, mas eu sinto exatamente o mesmo.

EPÍLOGO

As crianças esperavam na sala assistindo a outra rodada de desenhos bíblicos, ainda que não fosse exatamente o que queriam estar fazendo. Com toda certeza, o pula-pula e a piscina de bolinhas eram mais divertidos.

Conferi o relógio. De novo.

Bruno tinha dito que voltaria a tempo. Afirmou que estaria em casa às seis. Passava das sete e a festa já tinha começado.

— Que horas o papai chega? — Alissa perguntou.

— Logo — respondi, mesmo sem saber se era verdade.

Eu odiava o quanto aquela palavra parecia com o "logo" que minha mãe usava quando queria esconder de mim que meu pai não cumpriria com o prometido.

Minha pequena acreditou, claro. Apesar de ser muito inteligente, por causa da idade ainda não tinha muita noção do quanto estávamos atrasados. Para ela, só existia a ansiedade infantil de chegar no local. Já Lucas, todo arrumadinho com a roupa nova que a avó deu, não fazia ideia do que estava acontecendo.

Tomei um copo d'água, procurando me acalmar. Eu conhecia o Bruno. Sabia que ele não fazia por maldade, mas havia dias que não dava para simplesmente relevar. E aquele era um deles.

Passaram mais alguns minutos antes de eu ouvir o portão se abrindo e o carro entrando na garagem.

Geralmente, eu ia até a varanda encontrá-lo, com as crianças correndo ao redor. Era um dos melhores momentos do meu dia e eu era grata por termos decidido comprar uma casa em vez de apartamento. Podia sempre ver o portão — aquele que ele mesmo fez para o nosso lar, com peças forjadas à mão que resgatamos da caçamba — se abrindo, e o sorriso que eu mais amava vindo na minha direção.

Mas naquele dia tudo que eu não queria ver era o Bruno sorrindo.

Ele entrou e deu de cara com as crianças. Beijou cada uma e me olhou, claro, com aquele sorriso suspeito. Eu permaneci de pé ao lado do sofá, com os braços cruzados.

— Eu tô um pouquinho atrasado — ele falou para as crianças, mas me lançava olhares atentos, avaliando minha expressão séria. — Mas vou tomar um banho rapidinho pra gente ir.

As crianças comemoraram. Eu rebati:

— Você não está um pouquinho atrasado. Já passou mais de uma hora do combinado.

— Eu sei. — Ele passou a mão pela barba e o olhar estava carregado de culpa. — Não terminei o serviço na hora, não tinha como parar. Foi mal.

— Foi mal? Foi péssimo, Bruno! Você não tem celular? Não pensou em ligar e me avisar?

— Eu perdi a hora. Me desculpe. Vou tomar um banho rápido e a gente já vai.

Fechei os olhos e uni as duas mãos. Puxei o ar com força. Não queria estourar, principalmente na frente das crianças.

— Quer saber? Vai você com os meninos. Eu não vou mais. Tô cansada, sinceramente.

Não quis olhar para meus filhos. Apenas me virei e fui em direção ao meu quarto. Tirei os sapatos e os joguei num canto. Me deitei na cama, com raiva. Raiva por Bruno ser daquela forma e por eu não conseguir lidar com aquilo.

A primeira lágrima escorreu e eu a enxuguei. Palavras de condenação contra meu marido começaram a surgir em minha mente, e eu as deixei vir. Me lembrei de cada um de seus defeitos e me esqueci, por um momento, que o amava daquela forma torta dele. Naquele momento, nada mais importava. Apenas a decepção de ter meus planos de uma noite feliz em família serem frustrados.

Do quarto, ouvi Bruno falando com as crianças.

— Fica prontinha e cuida do seu irmão para mim, tá? Daqui a pouquinho vamos sair e comer muita coxinha e bolo de aniversário.

— Você não pode comer bolo, papai — Alissa falou.

— É verdade. Mas vocês podem comer por mim. Senta aqui, Lucas, e espera com a Alissa que eu já volto.

Rolei na cama para não ficar de cara com a entrada do quarto, por onde ele chegaria. A porta se abriu. O colchão afundou atrás de mim. Fechei os olhos com força.

— Vamos conversar — ele disse.

— Sai da cama! Você tá todo sujo!

— Só depois de resolvermos isso. Depois eu tomo banho e a gente vai.

— Eu não vou.

— Ah, qual é, Gabi? Você está agindo como uma criança mimada!

Me virei de súbito e o encarei com os olhos ardendo em fúria.

— Você sabe o quanto eu odeio atrasos! Sabe que não suporto isso e ainda assim não se importa!

— Claro que me importo.

Eu o encarei em silêncio, tentando decidir se aquilo era uma desculpa ou só mais uma prova de que, quando me sentia esquecida, algo em mim voltava a ser aquela menina no sofá.

— O trabalho sempre é mais importante para você, Bruno.

— Você não pode estar falando sério! — Ele perdeu um pouquinho da paciência que costumava ter. — De verdade, espero que esteja falando da boca para fora.

— Eu estou falando sério! — resolvi desafiar.

Bruno respirou fundo e esfregou o rosto com a mão. Apertou a área entre os olhos, e eu quase podia ouvi-lo invocar um pouco de paciência.

— Eu tentei sair antes — ele disse, por fim. — Mas era uma escada de acesso num prédio. A solda tinha que ficar firme, eu não podia simplesmente deixar pela metade.

Ficou em silêncio por alguns segundos, depois continuou:

— Eu poderia ter te ligado... me desculpe por isso. Mas agora estou aqui, quero resolver esse problema para podermos sair. As crianças estão esperando.

A menção me fez chorar. Ele pegou minha mão.

— Eu te amo, Gabi. Me importo com você. Sei que você está magoada, mas não deixa isso te abater.

Eu sabia que era verdade. Mas por que, mesmo crendo no amor dele, era tão difícil superar? Nessas horas eu me sentia a pior cristã do mundo por não conseguir perdoar meu marido com facilidade.

— Eu não posso prometer que não vou me atrasar mais — ele disse —, mas estou tentando, de verdade.

A porta fez barulho, atraindo nossa atenção. Lá estavam Alissa e Lucas. Os dois nos observando com a carinha preocupada.

— A gente não vai mais? — Alissa perguntou.

Meu coração se apertou. Limpei as lágrimas e forcei um sorriso.

— Vamos, sim, meu amor. Papai precisa tomar um banho primeiro. Ele está todo sujo e fedendo a solda.

Bruno me encarou e sorriu.

— Eu te amo.

Ele se inclinou e me beijou. A princípio, resisti. Depois, cedi ao ato de carinho.

— Me perdoe por não ser o cara dos seus sonhos — ele brincou, ainda com a testa encostada na minha.

Assenti devagar. Meu coração pesou e eu sabia o que precisava fazer. Pisei no meu orgulho e murmurei baixinho:

— Me perdoe também por brigar com você.

Ele sorriu, me beijou de novo e se levantou. Em segundos, o Bruno animado que eu conhecia estava no modo "força-tarefa", agitando as crianças, garantindo que em cinco minutos estaria pronto.

Calcei os sapatos, ajeitei a maquiagem e fui pra sala. Como prometido, ele não demorou.

— Estou indo pro carro — avisei.

No corredor, passei pelas fotos da parede. Meus olhos pousaram naquela da nossa viagem ao Salar de Uyuni, um ano depois do casamento. Eu amava aquela foto. Dava a impressão de estarmos pisando nas nuvens.

Bruno veio logo atrás com a mochila do Lucas nas costas.

Já no carro, com todos prontos, observei o chaveiro que Bruno havia feito com o parafuso e a porca que me deu no dia do meu aniversário. Lembrei do discurso dele quando me pediu em casamento. Desviei o olhar e encarei meu marido, que sorria com aquele jeito tranquilo que eu conhecia tão bem.

Éramos diferentes e falhos, é verdade. Mas juntos, em meio aos tropeços e acertos, formamos uma família com a certeza de que, quando o parafuso e a porca começavam a afrouxar, o grande Construtor apareceria para apertar tudo de novo, com paciência e graça.

E, assim, o Amor seguia firme entre nós, dia após dia, como devia ser.

AGRADECIMENTOS

Eu ainda não sei bem como reagir ao fato de ter meu primeiro livro individual publicado por uma editora. E não qualquer editora: a Thomas Nelson! Mas aqui estou eu, escrevendo agradecimentos para quem fez parte dessa jornada. Confesso que demorei, com medo de esquecer alguém. Espero sinceramente que isso não aconteça (se acontecer, por favor, me perdoe. A culpa é da emoção).

Primeiro, toda a minha gratidão a Deus. Se estou viva, se fui resgatada, se escrevo e se este livro existe, é por causa Dele. Toda a glória seja do Senhor!

Ao meu marido, Francisco, que foi parte essencial neste livro. Nosso namoro a distância me garantiu várias viagens de ônibus pelos trechos que aparecem aqui. Graças a Deus, hoje não precisamos mais dizer "tchau", e essas memórias serviram de inspiração. Obrigada, meu amor, por ter visto potencial naquela jovenzinha e por ainda acreditar em mim. Você me ensinou o que é o amor, me deu um lar seguro e tem sido meu maior incentivador, desde quando eu escrevia "só por escrever" até hoje, quando isso virou minha carreira. E, sim, todos os mocinhos têm uma pitadinha sua. Obrigada por responder às minhas perguntas, por ser meu Google pessoal sobre a profissão do Bruno e por revisar minhas descrições.

Aos meus filhos, João, Davi, José e Alissa. Vocês são parte da alegria do que é ter um lar, ainda que agitado e com muita bagunça espalhada. Que seus corações se mantenham firmes no caminho, e que vocês saibam reconhecer aquilo que é essencial na hora de escolher alguém para dividir a vida. Mamãe ama vocês e me orgulho de cada um!

Às amigas escritoras Aline, Dulci, Kell, Gabi e Lyta: vocês surtaram, choraram e comemoraram comigo. Que bênção ter vocês por perto! A amizade de vocês é uma dádiva concedida pelo Pai e sei o quanto isso reflete na minha jornada de escrita. Obrigada por cada conselho, incentivo e pelas conversas que, como vocês bem sabem, acabam virando cena de livro. Dulci, nossas conversas inspiraram a luta da Gabi. Gabi, obrigada por me ensinar como uma introvertida descobre que está apaixonada antes mesmo de atestar que suas dicas eram reais (agora sabemos que é!). P.S.: Aguardo ansiosa para estar no casamento de cada uma que ainda está solteira.

Às demais escritoras companheiras de jornada que caminham comigo e vibraram comigo. Não colocarei todos os nomes, mas quem faz parte disso sabe da minha gratidão! Valeu, também, turma do cortejo!

Às leitoras betas Laís, Sarah, Rebeca, Josielle, Renata e Lissa: obrigada por cada comentário e sugestão! Vocês foram meu combustível e são especiais para mim. Lissa, seus comentários foram certeiros. Não pare de ser honesta e direta, isso é um dom!

Clys, minha mentora, professora, conselheira, amiga e maior incentivadora. Nunca conseguirei expressar o suficiente o quanto sou grata a você. Obrigada por acreditar em mim quando eu não tinha a mínima ideia do que estava fazendo. Você ouviu sobre essa história que nasceu numa madrugada e me aconselhou a me jogar no enredo, mesmo estando no meio da escrita de outro livro. E olha só onde o Bruno e a Gabi vieram parar! Você é uma das razões disso.

Larissa, amiga que chegou "agora", mas parece que está aqui há anos. Obrigada por não me deixar pagar mico com os leitores de *O Senhor dos Anéis* e por ser minha consultora literária, me ajudando a construir uma legítima fã da saga. E, claro, por ter compartilhado comigo os seus toques de telefone. Casou tão perfeitamente com o Bruno que não tive como evitar te copiar.

À minha família, que lê, apoia e comemora comigo: muito obrigada. O apoio de vocês é um presente.

Ao meu pastor, Bruno, e à sua esposa, Clara, que nos acolheram em um momento difícil e fizeram questão de apoiar meu trabalho, inclusive nas conversas animadas sobre livros ao redor da mesa. Foram muito proveitosas para mim. Também agradeço à Igreja Peregrinos e ao presbítero Fabrício, cuja aula de EBD foi muito edificante na minha vida e ajudou na hora de formular os conselhos que a Gabi recebeu.

Sara e Andrezza, obrigada pela amizade e pelo incentivo constante. Vocês têm um papel fundamental no Reino e na ficção cristã. Obrigada pelo empurrãozinho!

A cada cortejolete que acompanha meu trabalho e vibra com cada conquista. A cada leitor que sonhou antes de mim com a chegada a uma editora. Eu lembro de vocês com carinho. Vocês fazem parte dessa conquista.

Brunna Prado, você é uma editora sensacional! Obrigada por ter acreditado nesta história desde quando ela era apenas um conto e me fazer acreditar nela também. Seus toques foram preciosos, e trabalhar com você foi um presente de Deus.

E à equipe maravilhosa da Thomas Nelson que colocou este livro no mundo e fez ele chegar a várias prateleiras: meu carinho e gratidão a cada um que fez parte do processo.

Por fim, fiz uma pequena homenagem a algumas pessoas dentro do livro. Se seu nome está lá, saiba que você é importante para mim.

E obrigada a você que resolveu dar uma chance para a história da Gabi e do Bruno.

Este livro foi impresso pela gráfica Vozes para a Thomas Nelson Brasil em 2025. O papel é o avena 80 g/m². Quando nós da editora lemos a história pela primeira vez, ela era apenas um conto. Mas, como Gabi e Bruno diante da caçamba, nós não resistimos a vasculhar mais fundo. E olha só no que deu.